マドンナメイト文庫

嬲りごっこ 闇のいじめっ娘クラブ

霧野なぐも

目次

contents

嬲りごっこ　闇のいじめっ娘クラブ

第一章　ロリータ少女の秘めた突起

1

「おぉ……」

共にラブホテルに入った少女がコートを脱いだ瞬間、向井達郎《むかいたつろう》はそんな声をあげてしまった。

学校指定のものではない厚手の上着の下には、少女愛好者にはたまらないであろう冬仕様のセーラー服が身につけられていた。

それはこの、ゆりと名乗った少女の可憐さをいっそう引き立てる。

「制服のほうが、喜ばれると思ったから」

ぼそぼそと、か細い声で言う。

少女の前で棒立ちになっている達郎は、正直なところロリータ・コンプレックスの気《け》はないという自認だった。

性愛の対象となるのは同年代、今年で三十二歳になる己《おのれ》のことを考えると頑張っても二十代の半ばほど。

十代の少女とこうしてホテルに入るなど、一生ないことだと思い込んでいた。

達郎の仕事はライターだ。コンビニや書店の隅っこ、エロ本やパチンコ誌などの列のさらに隅っこに置かれるような、下世話な内容の雑誌で記事を書いていた。

そのとき依頼されたのは、全盛期に比べれば下火となったものの、依然として存在している援助交際の実態に関する記事だった。

といっても、事実に基づいたドキュメンタリーをしたためるつもりは毛頭なかった。

若者や学生の多い繁華街の写真をぱちりと撮って、その人混みをぼんやり眺めつつ浮かんだデタラメを書き立ててやろう、くらいの気持ちだった。

雑誌の読者だって本当のことは知りたくない、本当のような嘘の話に夢を馳せたいだけ……そんなふうに自己欺瞞《ぎまん》しながら、週末、人の多い街並みを歩いていた。

「……来たよ」

そんな達郎の上着を、突然後ろから引っ張る者があった。

慌てて振り返ると、大きめのコートを着込んだ少女がこちらを見ている。

「待ち合わせの人、だよね。ゆりだよ」

少女はぶっきらぼうに——今思えば緊張していたのだ——そう言った。

達郎はゆりと名乗ったその少女の、花のように清楚《せいそ》なたたずまいに目を奪われた。

思わず人違いですと言うタイミングを逃し、彼女の様子をまじまじと観察した。

「ゆり……ちゃん？」

「うん、掲示板で約束した人だよね……？」

やはり人違いのようだった。

しかし達郎の中のなにかが、このまま少女とすれ違うことを拒んだ。

「ああ、うん。そうだったね」

適当なことを言って、少女の観察を続ける。

真っ白い肌が冬の寒気に晒され、頬がかすかに赤く染まっている。

くっきりとした二重まぶたの下の瞳が、達郎を見て揺れている。

黒い絹糸のような髪をおさげにした可憐な姿は、今どき珍しいくらいに清純な女の子といったふうだった。

「えっと……イチゴでお願いしていいんだよね」

「苺？」

なにを言っているのかと呆気にとられた次の瞬間、達郎ははっとした。

それが援助交際の値段を示す隠語だと気づいたのだ。

（まさか、こんな子がウリをやってるっていうのか？）

驚きと、わき起こってくる好奇心に勝てなかった。

達郎はそのまま、「掲示板で約束した人」のふりをして……ゆりといっしょに、近場のホテルへと潜り込んでしまった。

改めて、目の前の少女を見つめる。

身につけたセーラー服は黒地に赤のスカーフを合わせた少々珍しいもので、ゆりが今穿いている黒いタイツによく似合っていた。

それになによりも、ゆりの容姿や髪型が可憐だった。黒セーラーの女生徒というものに、なにからなにまでぴったりだった。

（やっぱり、こんな子が援交なんて信じられないな）

こんな清楚を絵に描いたような娘が、今までもこれからも、少女愛好者の男たちに身体を明け渡してきたなどとはとうてい思えなかった。

「ゆりちゃん、今まで何人くらいとしてきたの？」

興ざめだとは思いつつ、達郎はそんなことを口にした。

ゆりはちょっと困った顔になった。

「こういうのって、慣れてるほうがいいの？」

「こういうの？」

「だから……経験があるほうが、男の人ってうれしいの？　それとも、ないって言ったほうが、喜んでもらえるの？」

訊《たず》ね返されて達郎は面食らった。どうなのだろう。

完全なロリコンからすれば、経験のない無垢な少女のほうがうれしいだろう。処女であったなら完璧かもしれない。

だが、安い値段で若い女を買おうとするゲス男の思考になってみた場合は、逆に場慣れしている娘のほうが楽でいい気もする。

困ったことに達郎はどちらでもなかった。ただこのゆりという少女に興味を持っただけで、正直なところここでゆりを「買う」つもりなど、みじんもなかった。

（だって……いくらなんでも、無理だろ。こんな小さい子と）

若いを通り越して、幼い娘とセックスするなんて。

「ゆりちゃんって、高校生？」

「……中学」

苦し紛れに別の問いを投げかけると、ゆりは今度は正直に答えた。しかしその返答はよけいに達郎を悩ませた。

（中学生かよ。ますますまずいんじゃないのか）

こうしてホテルに入ったのも迂闊《うかつ》だった。れっきとした犯罪行為だ。

「なあ、ゆりちゃん。正直俺は、あんまり君と、ああっと……いろんなことをするのに、積極的じゃなくて」

「どうして？　掲示板には、イチゴで買ってくれるって書いてあった」

「イチゴって……」

一万五千円。少女がそんなはした金で自分を売りつけようとしていることにめまいを覚えてしまう。

黙り込んだ達郎に、ゆりはにわかに焦ったようだった。ベッドに腰かけた達郎の隣にやってくると、不慣れな手つきで男の膝や太ももを撫でた。

「明日までに、お金がないと困るから……」

その手が震えているのに気がついて、達郎はいろんなことを理解してしまう。

「ゆりちゃん、やっぱり初めてなんだろ。こんなこと」

「……初めてじゃ、ダメなの？」

「ダメじゃない。でも……もう少し考えたほうがいい」

説教じみた物言いにうつむいたゆりは、しばらく黙っていた。

しかしそれから少女の肩がびくりと跳ね、同時に嗚咽《おえつ》が聞こえてきたので達郎は驚いてしまった。

「なんで……泣いてるの」

「どうしたらいいか、わからないから……」

ゆりは細い指で自分の目の周りを拭《ぬぐ》った。溢れた涙で手が濡れていくのを、達郎は罪悪感と共に見ているしかない。

「……事情はわかんないけどさ、そんなに困ってるなら、まあ、少ないけど……」

ついに耐えかねて、ズボンの尻ポケットから財布を抜く。しかしゆりはそれを見て、慌てたように頭を横に振った。

「だめ、ちゃんとしないといけないの」

「なんで」

「だって……今日しなくて済んでも、どうせまた……しなくちゃいけないから」

ゆりの言おうとしていることを理解した。金を得たいと同時に、バージンも捨ててしまいたいわけだ。

この美しい少女は、こんな幼い身ですでに娼婦となる決意を固めている。

いったいどんな過酷な環境が、ゆりをそうさせているのかはわからない。

「おじさん、私の初めての人になってくれる……？」

ゆりは涙の残る顔でこちらを見つめてくる。達郎の頭の中はぐちゃぐちゃになっていた。

(俺がこんな子供とセックスする？　それもこんなに泣いて、なにか悩んでる様子の女の子と……)

自分が遭遇しているものが、現実とは思えなくなってくる。

「おねがい」

ゆりの手が達郎の手を握った。細くか弱い感触に、ぐっと喉が詰まるのを感じる。

少女とセックスするのは犯罪だ。そんな趣味もない。

しかし、こんなに切実な女の子の頼みをすげなくするというのも、また別種の……

それも特大の罪悪のような気がしてくる。

「おじさん、お願い」

ゆりの重ねてのお願いは、ついに達郎の心を柔らかく折ってしまった。

理性の糸が切れてケダモノになる……などということはない。だがこれ以上この少女に可哀想な顔をさせたくない、決死の思いを傷つけたくないといういいわけを自分にして、達郎はゆりの制服に手をかけた。

黒いセーラーをまさぐると、脇にファスナーがあった。それを静かに開くと、ゆりは覚悟を決めたように固唾《かたず》を呑んだ。

「あ……」

制服の裾を上に引っ張って脱がせると、ゆりが小さく声をあげた。真っ白い肌と、洗い立ての純白のブラジャーが視界に入った。

露出した素肌に吸い寄せられるように達郎が距離を詰めると、少女の髪からは甘い匂いが香り立っていた。

(本当に、こんな幼い子とセックスするのか)

少女に興味などなく、性的対象にはできないと思っていたはずなのに、達郎の股間はにわかに反応しはじめていた。ズボンの中でむずむずと蠢《うごめ》いている。

「……あんまり胸、大きくないけど」

ゆりが恥ずかしそうに視線を逸らしながら言う。スキニーな身体の乳房の部分は、ほんの少し膨らんでいるだけだ。

確かに彼女の身体はまだ未成熟だった。

しかしそれが逆に、達郎の背徳感を刺激する。ゆりの言葉には応えず、そっと前からゆりの背後に手を回した。

「あっ、ブラ……」

そして小ぶりなブラを外すと、ゆりの肩から引き抜いた。

「見なくても、外せるんだ」

「大人だからね」

「……ふふ」

達郎が気障《きざ》なことを言うと、ゆりが初めて笑った。清楚な少女は、口元をほころばせるといっそう可憐だった。

(この子は、笑っていたほうがいいな)

しかしこれからすることを考えると、この笑顔は長く続かないだろう。そう思うと心苦しいが、達郎はもう止まれなかった。

少女の雪のような肌、控えめな膨らみの頂点にある可愛らしい乳首を見て、さらに股間に血が集まった。

まだあどけないことを知らせてくる、色素の沈着がまったくない尖りだった。桜のような淡いピンクが、寒さと緊張のせいでツンと上を向いている。

「恥ずかしい……」

笑顔は再び、ぎこちない顔になってしまう。達郎はそれをどうにかするかのように、ゆりの乳房を両手で包み込んだ。

あっ、と小さく声があがるが、拒絶はされない。

(これが、少女の肌……吸いつくみたいだ)

薄い身体を見たときは硬そうだと思ったが、触れてみるとまったく異なっていた。

確かに肉体は未熟だが、その肌のきめの細かさは目を見張るほどだった。

成人女性よりもずっとすべすべで柔らかい感触が、達郎の手指を誘惑するかのように密着する。

「柔らかいね、君は」

「……いやっ。もっと恥ずかしくなっちゃう」

達郎の言葉に、ゆりがいやいやをする。黒いおさげ髪が可愛く揺れた。

それに背筋をぞくぞくするものが通り抜けるのを感じながら、達郎はゆっくりと、その肌と膨らみかけの乳房を味わうように手を動かした。胸を包むようにした指の一部をそっと乳首に添え、指先で円を描くように突起を刺激する。

「あふ……」

するとゆりの口から、わずかに官能を思わせる吐息がこぼれた。

(ちゃんと感じてるのか。こんなに幼いのに……)

自分の愛撫で、少女が性感を得ていることに感動する。

そのまま何度も指の腹で乳首を撫でると、ゆりの吐息はどんどん熱を帯びていった。達郎の動きに、明らかに反応している。

「気持ちいい?」

「んっ……わからない」

その返事もたまらなく可憐に思える。達郎も息を荒くしながら、指先に力をこめた。

「ああっ……あっ、だめぇ」

乳首を二つの指でつまみ上げると、ゆりの全身が跳ね上がった。細やかな肌が粟立つのが、はっきりと見えた。

「やっぱり気持ちいいんだな」

「う……わからないの、本当に……でも」

「でも？」

「今ので……なんだか、おまたのほうが……じゅんってなった」

思わず達郎も震えてしまった。あどけなさがいっそう淫らさを増幅させる報告に、下着の中でペニスの先端が濡れる気配があった。

「……今の、言い間違い。おまたって……あ、アソコって言いたかったの」

さらにはそんなことを、真っ赤になった顔で言ってくるのだからもうたまらなかった。達郎は座らせていたゆりをベッドに転がすと、その上に覆い被さった。

しかし、ゆりが目を白黒させたのを見てわずかに理性を取り戻す。獰猛《どうもう》になってはいけない……そんな気持ちになる。

「おまたのほう、触ってもいい？」

「いやぁ……もう、それは言わないで」

からかいに率直に反応するのがなんとも可愛らしい。恥ずかしがりながらも拒否はされず、ゆりはきゅっとちぢこめていた両脚をわずかに緩めた。

達郎がスカートを捲り上げると、ブラとお揃いのショーツが見えた。

純白の下着のクロッチの部分に触れ、達郎はまた震えた。ゆりの言葉どおり、そこはしっとりと湿っていた。

「あっ……あん……」

固唾《かたず》を呑み、激しく興奮しながらもゆっくりとショーツ越しに割れ目をなぞる。濡れた粘膜と下着が摩擦されて貼りつき、どんどんゆりの未成熟な秘唇の形をあらわにしていった。

「はぁ……パンツ、貼りついちゃってる」

ゆりの呼吸がさっきよりも荒くなっていることに気づき、達郎もいっそう高揚する。

(この布をはぎ取ったら、もう自分は戻れないところに行っちまう)

今ならまだ引き返せる……そんな警鐘が脳内に鳴り響いている。

「おじさん……こういうのって、私から言うんだよね」

「言う……?」

「してって。おじさん、たぶんいい人だから……」

達郎は再び震えた。最後の一線を越えられない自分の葛藤《かっとう》を、見透かされているような気分になった。

「私のために、してほしい……最後まで。ゆりを……女にして」

ゆりの口調はたどたどしかった。男を誘う文句など言ったことのない唇が、それでも必死にすがりつく声を紡《つむ》ぐ。

それを聞いて善人ぶることなど、もうできなかった。

「ああっ……」

達郎はゆりのショーツの両端を摑み、一気に膝まで引き下げた。そのまま脚を上げさせ、下着を完全に脚から抜きとってしまう。

ゆりは恥ずかしがったが、今さら拒否はしなかった。ただくっと唇を嚙み、羞恥に耐える顔をしている。

(これが……少女のオマ×コなのか)

ショーツの下から現れたあえかな秘唇に、達郎は一瞬獣欲すら忘れた。

薄い栗色の毛が、ほんのわずかに少女のクレヴァスに生えている。それは大事なところを覆い隠すためには機能しておらず、かえって男を煽るかのような具合だった。

あれだけ下着を湿らせていたのに、ゆりの大陰唇はぴちりと閉じていた。左右の皮膚と粘膜の境目が、ぬらりと湿ったスリットを作り出している。

(割れ目って、こんなに綺麗なものなんだな……)

感動さえしながら、少女の秘唇を食い入るように見つめる。ゆりが恥ずかしそうに身じろぎしたのがわかったが、それでも見るのをやめられなかった。

「おじさん、見てばっかりいないで」

「いや……これは見ちゃうな」

「だめっ……どんどん、恥ずかしいのが大きくなってくるの」

そう言うと、ゆりは今までされるがままにしていた脚を閉じてしまった。

「お願い、痛くてもいいから……今は、ちょっとふわふわしてるの。このふわふわしたのが消えないうちに、最後までしてほしいの」

「でも、本当に痛いと思うぞ……これは」

達郎はまだ見えない、さっきのスリットの奥にある膣口とその先を思った。さぞ窮屈なことだろう。達郎の——成人男性のペニスを、やすやす受け入れられるとは考えにくかった。

「大丈夫、覚悟できてる」

「ゆりちゃん、なんでそんなに」

問いかけそうになってやめた。この少女の背景にあることは、今は訊《き》くべきではない気がしたのだ。

(なにも気にしてない、バカで最悪な大人になって……)

本当にそうなるわけではないが、フリはできる。彼女の今後も、身体のことも考えない身勝手な大人になりきって、望みどおりに処女を卒業させてやるのだ。

「……いいよ。泣いたってやめないからな」

「う……うん」

ゆりの細い喉がこくっと上下し、再び脚が開かれた。達郎はそれを合図にしたように、己の下半身に身につけているものを取り払った。

「あっ……お、おち……ん、ち……ん」

ゆりは勃起したペニスを凝視して、改めて息を呑んだ。

しかし、怖いだとか、やめてだとかいう言葉は出てこない。少女は本当に、自分なりに決意を固めているのだろう。

「これが今から、ゆりちゃんの中に入るんだ」

「わ、わかってる」

か細く言ったあとに、ゆりはギュッと目を閉じた。それを「ひと思いにやって」のサインだと受け取った達郎は、彼女の腰を摑むと脚の間に身体を割り込ませた。

そして先走り汁でぬらつく亀頭で、あどけない割れ目を上下に擦った。

それだけでぞくぞくとした快感が脳を突き刺すようだった。少女の幼膣に入り込むという背徳が、達郎をどんどん興奮させていく。

「んっ……ふ、お願い……」

「ああ……いくよ」

もう後には引けない。腰を摑む手にぐっと力をこめ、少女の秘唇とペニスがぶつかる強さにする。衝撃の予感でゆりがつぶっていた目を見開いたが、達郎は止めることをしなかった。

「あ、あっ、あああああああああっ！」

そして絹を引き裂くような、細くも痛ましい悲鳴があがった。

幼膣と、成熟した男のペニスの先端が馴れ合っている。異物が入り込んだ痛みで、ゆりの全身がぐっと硬直した。

「あぐぅ、痛い、い、いた……い」

痛がる少女を見て、達郎の中に罪悪感が広がっていく。しかしそれは性欲を萎えさせるものではなく、むしろ燃え上がらせていった。

「もっと奥に入れて、ちゃんと処女を卒業して……くっ」

無意識のうちに逃げようとする細い身体を押さえつけ、狭い膣道にどんどんペニスを進ませていく。

「くひぃっ、ひぃ、お、おち×ちん……ほんとに入っちゃってるぅ」

涙を流しながらゆりが言い、達郎は罪を自覚する。しかし、やはりこの行為をやめる気にはなれなかった。

「い……たい、おじさん、痛……」

「少しこのままでいるから……ゆっくり息をして」

なにかの拍子にケダモノになってしまいそうな自分を必死で抑圧し、ゆりに指示をする。少女はそのとおりに、浅くなりがちな呼吸をなんとか深くしていった。

「ふぅうっ、うぅ、うぅ……」

達郎も奥までペニスを入れ、亀頭の先にコツンと行き止まりの感触を得たところで動きを止めていた。

こうしていると少しずつ膣穴が充血して、女の苦しみがおさまっていくと知っていた。

「はぁっ、あ……く、す、少し……お腹が痛い感じは、減ったかも」

それが功を奏したのか、ゆりが苦痛の和らいだ顔をする。

「まだ、入り口のところは……ちりちり痛いけど」

「それは……我慢して。俺もゆっくり動くから」

「う、うん……ああっ！」

宣言して達郎がゆっくり腰を引くと、少女の身体がまたこわばった。

「あひぃっ……中で、動いてる……うぅ、んうぅぅぅ」

野太いペニスが、幼い肉穴の中を出入りする感覚に慣れないのだろう。

それに背徳は感じるものの、喜びや征服感を疼かせるほどサディストではないのが、達郎の困ったところだった。

(もっとこの子を楽にしてやりたいが……)

「お、おじさ……あっ、あぁぁっ」

拡げられた膣口より上、小さく息づくクリトリスをつまみ上げると、ゆりの全身が今までとは違うふうに跳ねた。

「……そこはだめっ！」

「大丈夫、怖くないよ」

言いながら、ゆっくりと少女の陰核を愛撫していく。

ほんのり滲んだ愛液を指ですくい取り、そのぬめりを利用してクリトリスの表面を撫でつける。あくまで優しく、やわやわした刺激を心がけた。

「あんっ、ふぅ……ふぅ、ふぅぅぅ……！」

すると、ゆりの肉体は明らかに柔らかくほぐれだした。ペニスを咥え込んだ膣穴がにゅるりと蠢く。

「はふ……ふぁ、あ……おじさん……どうして」

「ん……？」

「どうして、ゆりの気持ちいいところ……知ってるの」

その言葉に、ヴァギナに包まれた達郎のペニスも蠢いた。この子の未成熟さと、アンバランスな淫らさは男を狂わせるものだ。

「ここは気持ちいいか。なら続けるよ」

「い、いや……続けたら、変になっちゃいそうだよぉ」

か細く鳴くゆりの言葉にそっと首を振り、達郎はゆっくり腰を前後させるのをやめないまま、クリトリスをやわく撫でつづけた。

やがてゆりの膣穴の奥から、ねっとりした愛液がごぷりと溢れてくるのまで感じる。

(こんなに子供なのに、ちゃんと感じてる)

この子をずっと抱きつづけたら、まだこんなに幼い身体のまま、とんでもない妖女にできるのではないか……。

そんな馬鹿げたことまで考えながら、達郎はひたすらに腰を振った。

「あんっ、あっ、あん……あん……」

やがて痛がるそぶりはなくなり、ペニスのピストンに合わせて甘い声がこぼれ出てくる。ゆりも感じていた。

それをはっきり自覚すると興奮が激しくなり、律動が射精を求めて性急になってしまう。

「はぁっ、あぁ、激しい……おじさん……んぅぅっ」

しかし、ゆりはそれを拒まなかった。

それどころかわずかに、動きに合わせるかのようなそぶりも見せてくる。

「ああ、はあ、ゆりちゃん……出すよ、中に」

「ああっ……くるの、おじさん……ああ、ああっ……！」

宣言した瞬間に、達郎の腰の奥から白濁がこみ上げた。ペニスが精汁を通す管のようになって脈打ち、ゆりの幼い膣穴に欲望を放っていく。

「あぁっ……熱い、あぁ、中、あっ……い、こんな……ふぁっ……あぁっ！」

そして驚くことに、達郎が精を放った瞬間にゆりの下腹も痙攣した。

射精の震えを繰り返す達郎のペニスをぎゅっと喰い締め、離さないとでもいうように収縮する。

「くぅ……！」

その刺激に身悶えして、達郎はゆりの身体の上にどかっと倒れ込んだ。

「ああんっ……！　あぁ、おじさん……」

拍子でゆりの膣穴から肉茎が抜け落ちてしまう。

どこか名残惜《なごり》しそうなゆりの声を聞きながら、達郎はぼうっと……これが現実であることへの不思議さを実感しているような、していないような気持ちになっていた。

2

「はぁ……」

達郎は眠い目をこすりこすり、まだ寒さの残る町をひとり歩いていた。

どうにも寝起きがすっきりしない彼にとって、この寒気は目覚ましの作用を持っていた。

目的の待ち合わせ場所まで歩くさなかでようやく本格的に意識が覚醒し、空腹やこれから会う人物のこと……そして今朝がた見た夢のことをきちんと考えることができるようになっていた。

（何回目だろう、あれを夢に見るのは）

数カ月前、寒さが今よりずっと厳しかったときに出会ったゆりという少女。あまりに可憐で美しい容姿と、その中に抱《かか》えている重たそうなもの。そしてなにより、純潔を達郎が奪ったということ。

それが印象に残りすぎていて、日が経った今でも定期的に夢に出てきてしまう。

「あの子、今頃どうしてるんだろうな……」

ぼそりと呟《つぶや》く。

処女なのに、お金がほしいからと自分に身を売った薄幸少女。

彼女のことを考えると、達郎はどうにも……いてもたってもいられないような気持ちになる。

けれどどうすることもできずに、もやもやした思いだけが残る。

（電話も、一度もかかってきてないしな）

実は達郎は、あの処女を卒業させた行為のあと、ぼうっとするゆりに一万円札を数枚押しつけるのといっしょに、連絡先を渡していた。

下心はなかった。ただこの子が今後なにか困ることがあったなら力になりたいという、ヒロイックな気持ちで電話番号を教えたのだ。

「なにかあったら連絡して」

そう告げるとゆりは、黒曜石《こくようせき》のように潤んだ瞳で達郎をじっと見つめた。

その唇がなにか言いたげに開くのを、達郎は確かに見た。

しかし彼女は結局なにも言わず、ただこっくり頷《うなず》いて連絡先を書きつけたメモを受け取るだけだった。

それから連絡はいっさいない。それがまた、達郎を奇妙な感覚にさせる。

(本当に援交を始めたんだろうか。俺以外の男にも、あの細すぎる身体を開いたんだろうか)

ギリと歯を嚙み、そして同時に、たった一度寝ただけの少女に独占欲のようなものをたぎらせている己におかしみを抱いたりもする。

「あ……」

そして次の瞬間、自分の前を横切った数人の少女の姿にどきりとする。

学校指定のものだろう飾り気のない野暮ったい紺のコート、そこからはみ出る細い素足を包む白いソックス。

(まずいって……)

それらを目で追うことに罪悪感を覚えながらも、どうにも止められず名残惜しく視線を寄せてしまう。

幸いうぶな彼女たちは、達郎の歪んだまなざしに気づくことなくさっと通り過ぎた。

(あの日から……だいぶ調子がおかしいぞ)

ゆりと肌を重ねた日から。

これまでの達郎は、ゆりを前にしてさんざん逡巡《しゅんじゅん》したように、少女愛好の趣味はなかった。

可愛いだの、可憐だのとは思うが、それを欲望のはけ口にしようとは考えない。

だというのに、ゆりを抱いてしまってからというもの、その趣味がわずかに変わりつつあった。

(欲望の対象が、下に広がったっていうか……なんていうのかな)

少女しか見えなくなったというわけではない。今までどおり大人の女性も美しいと思うし、相手によっては下世話な感情だって抱く。そこに少女が加わってしまったというあんばいだった。

「ところで向井さん、こんな噂を知ってる?」

喫茶店に入って注文を終えるなり、待ち合わせ相手の男がにやにやしだした。

達郎と同じように雑誌のライターをしている男で、どこから仕入れてくるのか珍妙な噂話をいつでも持っていた。

「噂って、どんな」

「えーっとね」

男はもったいつけるように、ただ伸ばしているだけの長い前髪をブンと払った。

「向井さんって、女子校生は好き？」

「む、ぶ」

ドキリとした。口に運んでいた水を吹きそうになるのを、目の前の男はやはりにやにやしながら見てきた。

「いや……いや、女子校生って、まだ子供じゃないですか」

「最近の子は発育がいいからね」

なんだか己が今朝見ていた夢……否、数カ月前のゆりとの経験を見透かされているようで居心地が悪かった。

「別に好きじゃないですよ。ロリコンなんて、気が知れないな」

本心を隠しきったことを言ってやると、ふうんと思わせぶりな反応をされる。それがまた達郎を焦らせた。

「それで。女子校生がどうしたんですか？」

「どうもね、最近マコトシヤカに語る人がいるんだけど」

まことしやか。本当ぶって。いかにも事実らしく。

「このへんの女子中学生の間で、男をいじめるのが流行《はや》ってるみたいなんだ」

「……いじめる？」

その言葉の響きにはピンとこなかった。

「今どきカツアゲとか？　オヤジ狩りみたいなの？」

「違う違う、そんなのロマンがないじゃない」

男はけけっと笑うと、また前髪をぶんっと払った。

「どうにもねぇ、Sの女の子たちが大の大人を性的にいじめるのを楽しんでるって噂があるんだよ。逆ナンパされたと思ってついていったら、いつのまにか四つん這いにさせられてて……みたいなさ」

「へえ……」

この男の好きそうな、本当にただの噂話だった。

「そりゃ変態にとって夢のような話ですね」

「でしょ。この世の酸《す》いも甘いも知らない女の子にイジメられるって、もう、どれだけ楽しいんだろうねぇ」

そう言って男は夢を見るような顔になった。まさかこいつに被虐趣味があるなんて。

「向井さんもちょっとイイと思わない？　なんのあと腐れもナシ、女の子が自分から誘ってきて、痛気持ちいいことをしてくれるっていうの」

「うーん……痛いのはちょっと」

奇妙な気持ちだった。目の前の男の語る噂話に興味はあまりなく、ひとまずその噂が自分の触れ合った少女とは無縁っぽいことに安心している。

（たとえばゆりみたいな子に、いじめられるとしたら……）

だというのに、そんなことを妄想してみてしまう。

――ふうん、こんなのが気持ちいいんだ。変態だね……。

仰向けになった自分を、あの可憐な少女が見下ろしてそんなことを言うとしたら？

人生経験もほとんどないうぶな女の子に変態呼ばわりされて、男の幹をしごかれて、笑われながら快感を与えられるとしたら……。

「向井さん、案外悪くないと思ってるね」

「いや！　思ってません」

慌てて我に返って、ようやく席に届いた遅めの朝食に手をつける。

「でもまぁ、本当に、変態が好きそうなネタじゃないですか。書いてみたらどうですか。ネット記事とかで」

「うーん、ネットで未成年のあれこれを書くと炎上しちゃうし」

それはそうだろう。

買ってすみずみまで読まないとわからない雑誌と違って、インターネットの記事は誰だって目にすることができる。

達郎やこの男のように、性風俗やサブカルチャーを取り扱う者にとっては諸刃《もろは》の剣《つるぎ》だった。

(でもまぁ、ただの援交よりは夢があるよな……Sの少女か)

そんなことを考えながらトーストをかじっていると、突然ポケットの中のスマートフォンが震えた。

「失礼」

慌てて取り出すと電話の着信だったが、相手は非通知設定だった。

(まさか……!)

いつもなら無視するだけだが、今の達郎には思い当たる相手がいた。

対面の男にすまない、と手を合わせながら席を外し、喫茶店のそばの路地裏で通話ボタンを押す。

「もしもし」

「おじさん？」

どきりとした。

電話の向こうから聞こえてきたのは、まぎれもなくゆりの声だった。

3

自分の口をついて出た言葉の凡庸さが恥ずかしい。達郎は自分の半分も生きていない少女の前で、さっと顔を赤くした。

「ひ、久しぶり」

「うん、久しぶり」

しかし目の前の美少女がちゃんと応えてくれたことで羞恥心は薄くなり、改めて彼女の様子を確かめる気持ちになれた。

ゆりが電話で指定してきたのは、数カ月前に彼女と偶然出会った駅前だった。交差点の向こうにファッションビルの大きな看板があり、それが目立つせいか若者が待ち合わせに利用することが多い場所だ。

（だからこの子もあのとき、ここを待ち合わせ場所にしてたんだよな。知らない男との……）

自分が彼女を拾うことができて、よかったのだろうか。

そんなことを考えながらゆりの姿を見つめる。

以前と同じかっちりした形のダッフルコートを着ていた。ダークな紺色のそれは、ゆりの白い肌をいっそう引き立てる。

しかし気のせいか、前よりも血色がいいように見える。彼女の薄幸な雰囲気を、以前よりも明るい頬や唇のピンク色が緩和していた。

「ちゃんと来てくれてよかった。おじさん」

どこか照れながら言うゆりに、達郎まで再び恥ずかしくなってきた。

（なんでこんなに浮かれてるんだ、俺は。学生じゃないんだから）

まるで遠距離恋愛の恋人に久方ぶりに会ったかのような気分でいることに、そわそわしてしまう。

「まぁ、ここじゃなんだし……どこか入ろうか。あっちにでかめの喫茶店が」

「ううん」

達郎の申し出に、ゆりはかぶりを振った。

「この間と同じところに行きたい」

「同じところって……」

それはつまり、ラブホテルということだろうか。

（……また援交の誘いか？　金がないのか……？）

達郎は急に罪の意識に囚われた。さっきまではなんとも感じなかった通行人たちが、自分を犯罪者を見る目で眺めているような気持ちになってくる。

己はこの少女を数カ月前に汚して、偽善じみた金を渡したのだという現実を、突きつけられているようだった。

「人に聞かれたくない話とか、するから……」

戸惑いをすくい取るように、ゆりが言う。

「いや、でもあそこは……本当にいいの？」

「私が誘ってるんだもん」

ゆりの声には、不思議な色が滲んでいた。

言葉どおり、私が誘っているのだからかまわないという意思表示。それと同時に、あなたは罪悪感を抱かなくてもいいと主張しているようだった。

「じゃ……じゃあ」

達郎の胸の中も、さまざまな感情が渦巻いてマーブル模様を描いてしまう。なにか事情がありそうだという察しと、あわよくばまたこの少女を抱けるのかもしれないという欲望だ。

「行こうか」

ゆりは頷くと、達郎の隣についた。

二人は監視の目がゆるいラブホテルのある通りへ歩きだす。

話があると言っていたゆりだが、ホテルに入ると黙り込んでしまった。

狭い部屋のベッドに達郎が腰掛けると、その隣にちょんと細い身体を乗せはしたが、人ひとりぶんほど距離が開いている。

達郎からは、ゆりのキューティクルが反射する黒髪のつむじが見えた。

相変わらず清楚を絵に描いたような美少女だ。コートを脱いだ下は以前と同じように制服で、黒を基調としたセーラーは、やはり彼女の白さを引き立てる。

(やっぱり意識しちゃうな……この前のことも思い出すし)

密室にふたりきりになると、どうしても数カ月前のことが想起される。

この少女の処女を奪った自分。

痛がりながらも懸命に快感を探し、あどけない身体をくねらせたゆり。

「ええっと……元気だった？」

下半身に血が行きそうになるのをごまかすように、達郎は問いかける。

「うん」

ゆりは言葉こそ短いが、声色には親しみがこめられていた。話しかけられるのを嫌がってはいない。

「学校とか、ちゃんと行ってる？」

「うん。行ってるよ」

素直すぎる受け答えにむず痒くなりながら、達郎は頭の中で言葉を選ぶ。

「……あのさ。あれから……どうなった？　お金は足りた？」

そして結局気の利いた言い回しも浮かばず、愚直にゆりのプライベートに踏み込んでしまう。

だが、そうしないと先へ進めない気がした。

この娘が、火遊び以外の目的で援助交際に手を染めようとしているのは明らかだった。理由を隠されたままでは話も進まないし、達郎だってどうすることもできない。

（俺は、この子を助けたいのかな。そんなバカらしい……）

安いヒロイズムに浸ってんなよ……なんて自分をすがめた目で見そうになる。

「うん、足りた。おじさん……あのときは本当にありがとう」

しかし直後に、ゆりがまっすぐこちらを見た。自嘲《じちょう》的な気持ちは吹き飛んでしまった。

「前におじさんと会ったとき、本当に困ってたの。おうちの電気が、止められちゃいそうになってて……そんなときなのに、学校指定のカバンが壊れちゃって、買うお金がなくて」

「電気って……え、電気代？」

「うん」

ゆりの口から告白された事情は、達郎の想像以上にシビアで、切実だった。

「おじさんに、これから……その、援交……を、しないといけないって言ったのは、もう、こんなことがずっと続いてるからで……」

「ずっとって、電気代がなかったりするってこと？　親は」

「お母さんだけ。でも、お母さんも最近、うちに帰ってくることが少なくて」

目の前の美しい少女の置かれた環境を想像して、達郎は寒々しい気持ちになった。

こんなまだ親の庇護下でぬくぬくと暮らすべき年頃の少女が、暖房も明かりもない部屋の中で冬の気温に震えているのだとしたら。

「まだ働ける年じゃないし、うち、親戚とかもいないから……どうしようもなくって。それで……簡単にお金がもらえるんじゃないかって」

「そんな」

こんな天使のような容姿をした、実際達郎に抱かれるまでは無垢だった少女が、そこまで思いつめるなどあっていいのだろうか。

「でも、おじさんと……初体験して、私、向いてないんだって……」

達郎は心臓をぎくりとさせた。あまりにあっさりと、以前の行為のことがゆりの口から出た。

「スマホで見た感じだと、なにも感じなくてすぐ終わるとか、オジサンなんかちょろいとか書いてあった。でも私は、そう思えなくて……」

ゆりは気まずいのか、達郎を見上げていた視線を再び自分の膝に戻した。

「だから、私、こういうことするのってぜんぜんダメだったんだって。ずっと……」

ふいにゆりの手が、黒セーラーのスカートのひだをぎゅっと握りしめた。後悔に震えているのかと、達郎は思わずその背中に手をやった。

だが震えは大きくなる一方で、さらに強くスカートを握り、そして思いきったように再度、ゆりの瞳が達郎を見た。

「ずっとおじさんのこと、考えちゃってた……こんな、ずっと、あんなことした男の人のこと考えてるなんて、おかしいよね」

その瞬間、達郎は全身の毛穴が開くのを感じた。ぞわりと肌が、背徳と興奮と……それからいとおしさに沸き立つ感覚だ。

彼女の処女を奪ったときと同じだ。今自分は、浅ましくも切実な欲に震えている。

「お金のことは、どうにかなりそうなの？」

「うん。おじさんから助けてもらったすぐあとに、お母さんが帰ってきて……生活費を置いていってくれたから」

（でも、それじゃなにも変わらない。ジリ貧だよ、ゆりちゃん……）

そう思ったが、すぐ口にする気にはなれなかった。少女があまりに不憫だった。

「今日おじさんと会いたかったのは、お金のことじゃないの」

「なら、なんで」

「……おじさん。私、どうしたらいいのかな」

ゆりはまた真剣な顔を作ったが、同時にまた言葉を途切れさせた。

口にできないほど重たい悩みなのかと、達郎は落ち着かない。

「……おじさん」

しかし、ゆりの視線が己の股間に集中して、そのせいで言葉が紡げないのだと気がついてアッと声が出そうになった。

達郎は勃起していた。はき古した柔らかいジーンズの布地が、ゆるく山を作っているのをゆりは凝視している。

「……いやらしい気分になってるってことだよね、これ」

「これは、いや」

慌てて前屈《かが》みになって下半身を覆ったが、もう遅い。

（ふざけるなよ、俺。ゆりちゃんは真面目な話をしてるってのに）

失望されたに違いない。そう思うとゆりの顔を見ることもできず、達郎は大人げなく視線を逸らして、ホテルのベッドのボードを意味もなく眺めた。エアコンのリモコンとティッシュが置いてあるが、そんなもので気は紛れない。

「……このあいだみたいなこと、する？」

「え？」

しかしゆりの口から出た言葉は、達郎の想像とはまるきり異なっていた。

「男の人って、そうなっちゃうと苦しいんでしょ」

「いや、それは……まあ、そうだけど。でも……」

「なら、する。おじさんは、ゆりのことを助けてくれたから」

ゆりのこと。

その言葉も、不思議な響きだった。さっきまで自分を私と呼び、頼りないが自立した気配のあった少女が、不相応に幼く自分の名前を口にする。

まるで目の前の男……自分に甘えているようだった。

(そんなふうに言われたら、断れないだろ)

達郎は自棄《やけ》のような気分になった。少女にここまで言わせて冷たくあしらったら、このまま欲望を処理させるよりもずっと傷つけてしまうかもしれない。

「じゃあ……お願いしようかな」

そう返すと、ゆりはこくんと頷いた。おずおずとした不慣れな手つきで、ズボンのベルトに触れてくる。

「ああ、大丈夫。そのまま下にずらせば脱げるから、ベルト外さなくても」

「え……じゃあベルトの意味ない。ズボン、歩いてて落ちてこないの？」

「腰で穿いてる感じ」

「あはは っ！」

ゆりは、今までで一番快活に笑った。あれだけ大きなくりくりとした目が、笑ってつぶると一気になくなる。あまりにあどけなく、可愛らしかった。

（やっぱりこの子は、笑っているほうがいいな）

今己がさせようとしていることを棚に上げ、達郎はそんなふうに思った。

「それじゃ脱がすから、おじさん腰上げて」

「その、おじさんっていうの」

ちゃっかり腰をあげてジーンズを下にずらしながら、ずっと気にしていたことを口にする。

「まぁ、君から見たらオジサンなのはわかるんだけど……お兄さんがいいな」

「お兄さん？」

聞き返したあと、ゆりはもう一度「お兄さん」と小さく繰り返した。

「わかった、お兄さん。ゆりのお兄さん」

自分でお願いしておきながら、呼ばれると照れくささがわき起こった。こんな幼い少女に、お兄さん扱いされることがあるなんて。

だが、今さらやっぱりやめてとも言う気にはならない。

「えっと……パンツも、下ろしていいんだよね？」

「あぁ……お願い」

足からジーンズを抜き取ると、地味なトランクスが露出した。やはりその布地も盛り上がっていて、それをゆりに見られるのは若干の恥ずかしさがあった。

「勃起……してる」

「うん……」

「ゆりが、この間のことー、とか……言ったから、思い出しちゃったの？」

「それもあるな……」

「それもって……他には、どんなこと？」

「う……ま、まあいろいろあるんだ。大人には」

「ふふっ！　お兄さんって、面白いね」

ゆりは言いながら勢いづいたのか、達郎のパンツをぐっと引き下げた。途端に勃起した硬いものが、ブルンと飛び出して少女の前にそびえ立つ。

「わぁ……」

ゆりはそれを見て、ごくっと固唾を呑んだ。可憐な喉が上下に動くのを見て、達郎は羞恥心と欲望を同時に疼かせた。

「これが、この前は……私の中に入ったんだ」

独《ひと》り言《ごと》のように呟き、ゆりはまじまじとペニスを眺める。

（見られてるだけなのに、なんだか……）

まるで彼女の視線に、触覚や温度があるようだった。見つめられれば見つめられるほど、達郎の股間はいきり立った。

「ぴく、ぴくって……動いてる。ねぇ、触ってもいい？」

「も、もちろん」

達郎の返事にゆりはまたくすりと笑って、そして熱くたぎったペニスに細い指を寄せた。途端に達郎は下半身をモゾモゾさせたが、ゆりは臆さなかった。人差し指と中指を、上を向く亀頭のあたりにぺたりと添わせたままでいる。

「不思議。硬いのに、柔らかい……それに、すごく熱い」

あどけない少女に、肉茎を触診されている気分だった。

「うわぁ……わぁ、本当に……よく、入ったね」

ゆりはこの幹の太いものが、自分の身体の中に入ったのが信じられないようだが、それは達郎もいっしょだった。

こんな細身の少女の、今は制服で隠れている幼膣に自分の肉槌が入り込んだ。それが今さら夢のように思えてくる。

「あっ、ゆりちゃん……」

ゆりが亀頭をきゅっと握った衝撃で、達郎はこれは現実だと思い直す。

(本当に……こんな子供とセックスしちゃったんだ、俺)

そして今も、再び罪を犯そうとしているのだ。

「……お兄さん、緊張してるの？」

「え？」

「前もそうだったけど、歯を食いしばって……気持ちいいのとは、違うのかなって」

「それは……」

ゆりの観察眼に驚いたりもする。もしかして自分の葛藤は、目の前の少女にはすべて見透かされているのだろうか。

「大丈夫。ゆり、嫌だなんて思ってないから」

「あっ……！」

ゆりの手が、ペニスを握った形のまま軽く上下した。まだ乾いている幹を、優しく擦る刺激だ。まるで天使の羽根で撫でられている気分だった。

「こうやって擦ってくのが、男の人の……えっと、おな」

ゆりの唇の動きを、達郎は見逃さなかった。オナニーと言いそうになって、恥ずかしくなって慌ててやめたのだ。

「気持ちよくなる方法、なんだよね」

あどけない少女のけなげな言い換えに、胸がじわりと熱くなった。

「……うん。そのまま続けてくれるとうれしいな」

「わかった……強さは、これくらいでいいの」

「もう少し強くても大丈夫」

達郎の言葉に、ゆりの手に力がこめられる。ゆるく亀頭を上下していた指のリングがキュッと狭くなり、先端からカリ首を通過して幹の半分ほどまでをスライドした。股間を襲う、未熟ながらも強い刺激に達郎は小さく声を漏らした。同時に肉茎の鈴口も軽く開いて、先走り汁を滲ませた。

「あっ、べたべたしてきた……！」

生まれて初めて見るものへの好奇心か、ゆりはペニスの先端にぐっと顔を寄せた。少女の吐息がふっと亀頭を撫で、達郎はまた小さくうめいてしまう。

「これ、聞いたことある。よくなると出てくるんだよね」

「うん……ゆりちゃんの手がいいから」

達郎が愚直に褒め言葉を口にすると、ゆりはくすぐったそうに笑った。その途端にまた息が吹きかけられ、充血したペニスにはたまらない刺激となって襲いくる。

(やばいぞ。どんどん歯止めがかけられなくなる)

そんな自覚があった。欲望がみるみる大きくなり、さらなる興奮と刺激を求めてしまう。ゆりに触れたい、触れられたいという気持ちが膨れていく。

「ゆりちゃん……ちょっとだけ、舐めてみて」

膨れきった欲望がついに口からこぼれる。ゆりはそれを聞いてびくりと硬直した。

(ダメか……?)

後悔と焦りがこみ上げる。

「わかった……」

しかしゆりはこっくり頷くと、肉茎をじっと見つめた。自分でお願いしておきながら、予想外の承諾に達郎は息を呑んだ。

ゆりのさくらんぼのような唇が開かれ、白い歯の隙間からちろりと舌が這いだした。それがゆっくりと赤黒いペニスに近づき、やがてぺちゃりと音を立てた。

「あうっ……」

「んんっ……あ、ちょっと、しょっぱい」

舌は一度離れたが、またすぐに寄せられた。先走り汁でぬめった亀頭のまわりを、ざらつく粘膜がつるつると撫で回す。たまらない快感だった。

「んんっ、それにすごく熱い……手で触ってるときよりも、あったかく感じる」

「うぁ……あぁ、うぁぁ」

情けないうめき声が連続してこぼれてしまう。ゆりの舌愛撫はぎこちなかったが、それがかえってよかった。予想できない動きが、想像よりもずっと大きい快楽を与えてくれる。

「待って、あぁ、ゆりちゃん……イク、イクッ……」

「えっ……！」

あっ、と思ったときにはもう遅かった。ゆりの驚きの声が響いた瞬間、達郎の先端から白濁がほとばしった。

「あっ、熱いっ……すごい、出てるっ」

勢いのある射精だった。太い線のようになった精液が、ゆりの眉間にぶつかる。それがまぶたにむかって垂れる頃、続けてまたペニスが脈打って白濁をまき散らす。

「う……くぁ、あぁ……」

ゆりの白い肌も、切り揃えられた黒い前髪も、匂い立つ男の白濁でどろどろになった。ようやく我に返った達郎は罪悪感でいっぱいになったが、同時に少女を己の液体で汚したことに、奇妙な満足感もあった。

「わぁ……すごく熱くて、べとべとで……」

ゆりはまったく嫌がっていなかった。それどころかちょっとうっとりした様子で、頬に垂れた白濁を指ですくい取った。

「んんっ」

「あ、待って……ああっ」

そしてその指先のものを、ぺろりと舐めてしまう。すぐに眉のあわいに皺が寄ったが、拒絶は感じられない。

「苦いっていうの、本当だったんだ」

「そりゃあね……あっ、擦っちゃだめだよ」

目のまわりについた精液を指で拭おうとする姿を見て、達郎は慌てる。瞳に入ったら大変なことになる。

罪悪感とけだるさを身体から追い払って、達郎はゆりの手を優しく摑んだ。

「一回、風呂で洗い流そう。いきなり出しちゃってごめん」

「お風呂……」

ゆりは部屋の後方にあるバスルームの扉を、白濁のまぶされた顔で見つめた。

「男の人と、こんなふうにお風呂に入るのって初めて。前はばらばらに、シャワー浴びただけだったし」

たっぷりと湯の溜められた浴槽の中で、ゆりがわずかにはしゃいだ声を出す。

達郎は裸のゆりを抱きしめるかたちで湯舟に浸かり、浴室の煌々《こうこう》としたライトが照らすきめの細かい肌を改めて見ていた。

(本当にまだ、子供なんだよな。こんなにつるつるの肌で、こんなことではしゃいで……)

さまざまな感慨に浸りそうになって、そこでふと我に返る。

「そうだ、ゆりちゃん。今日、話したいことってなんだったの」

そう切り出すと、ゆりの全身がぴくりと跳ねた。透明な湯にもその動きが伝播《でんぱ》して、小さな波を立てた。

「……この間のことで、話さなきゃいけないことがあるの」

そして数秒ためらったあとにぽつんと、さっきまでのはしゃぎようとは異なる真剣な様子でこぼしだす。

「この前、ここに来たとき……お兄さんと私がいっしょに外を歩いてるのを、同じ学校の子に見られてたんだ」

「えッ」

達郎の心臓が嫌な音を立てて蠢いた。同じ学校の子。他の女子中学生に。

「その子に話しかけられたの。見てたのよ、って。それで……ええっと」

しかし、反対にゆりに焦りは見られない。むしろ……なんだか照れくさいためらいを持っているように感ぜられた。

「その子が……大人の男の人を探してるんだって。お兄さんを紹介してくれるなら、誰にも言わないでいてあげるって言ってて」

「どういうこと？」

わけがわからない……そういう気持ちで言いながら。

達郎は己の中で奇妙な扉が開き、これまたその先の奇妙な小径《こみち》へ入り込んでいく錯覚を抱いた。

第二章　男を虐める美少女たち

1

「その俺たちを見てたって子は、どうして大人の男を紹介してほしいの」

「それは……よくわからなくて」

ゆりと達郎は、奇妙なムードのまま並んで街を歩いていた。

ゆりの学友に自分たちのことを見られたというのはおおごとだ。しかもその子が援助交際の気配を嗅ぎつけているとなれば、二人とも立場が危ない。

しかし、自分を紹介するだけでそれを黙っていてくれるというのだからよくわからない。ゆりの話は今いち現実味を帯びず、達郎は緊張しきれずにいた。

だから今ぎくしゃくするのは、さっきまで少女に股間を愛撫されていたという実感と、その子と今並んで、なにごともなかったかのように歩いているという不思議さからだった。

「場所、こっちでいいの？」

繁華街から電車で数駅通過し、降りてからしばらく歩いている。

だんだんと人気《ひとけ》のない裏通りのほうへ進んでいく。すすけた雑居ビルや、開いているか怪しい飲食店の看板ばかりだ。ゆりと同年代の女の子が待っていそうな雰囲気ではなかった。

達郎が胸の中で違和感を膨らませていると、ゆりはふと足を止めた。そこにあったのは、内側から窓にテープが目張りされた小さいビルディングだった。おそらくもう、なんのテナントも入っていない。

「ここ？」

「うん、その子……藤川《ふじかわ》さん。放課後は、だいたいここにいるっていうから」

「こんな廃ビルに、女子生徒が……あっ」

戸惑う達郎をよそに、ゆりはすっとビルの中に入っていく。達郎は慌ててそのあとを追って階段を上がった。

「ここだよ」

二階へ上がるとゆりがぽつりと告げ、ドアノブに手をかけた。

「あっ……」

なにかの事務所の跡かと思っていた室内の床一面に、赤い絨毯が敷かれていたので達郎は驚いた。

部屋の隅に寄せられた、レザーの破れた椅子。その上に「喫茶室ポピー」と書かれたプレートが置いてあるのが見えた。

(喫茶店だったのか。どっちにしろ廃墟だが……)

わけもわからずきょろきょろしていると、後ろでゆりが扉を閉じる音がした。

「来たのね、ゆりちゃん」

そしてゆりとは違う声が響いたので、びくりと身をただす。

不思議な声色《こわいろ》だった。間違いなく少女のそれだとわかるのに、男を誘うような蜜の響きが感じられる。

こんな声を出す喉の持ち主は、と達郎はほんの一瞬のうちにあれこれ想像させられ、そして部屋の真ん中に置かれたソファの背もたれの陰から姿を見せた少女に、すっかり打ちのめされた。

「本当に連れてきてくれたんだ」

そこに立っていたのは、美しい少女だった。

清楚《せいそ》を絵に描いたような、純朴《じゅんぼく》なゆりとはタイプの違った美貌。まるでジュニアアイドルのような愛くるしい大きな瞳に、色素の薄い栗色の前髪がかかっている。

ゆりと同じ黒いセーラー服は、この少女が身につけるとまるで魔性の装具だった。その布地の下にある膨らみかけの身体を、強く意識させられる。数メートル離れた場所にただ立っているだけなのに。

「舞《まい》ちゃんも、隠れてないで出ておいで」

そして、圧倒的な美しさを誇示する少女の背に隠れるようにして、もう一人の女の子がひょっこりと姿を見せた。黒いボブカットがよく似合う、小動物のような娘だった。

「ほ、本当に大人の男の人だ」

おどおどしながらも、その目は興味津々に達郎を見つめていた。達郎は二人のタイプの違う美少女に眺められ、情けなくも緊張して棒立ちになるしかない。

「藤川《ふじかわ》さん……」

「やだ。あやみって呼んでって言ってるでしょ」

ゆりがおずおず口を開くと、勝ち気に言葉を遮ってくる。ゆりはそれに慣れっこなのか、特にむっとするでもなく続ける。

「……藤川あやみちゃんと、文月舞子《ふづきまいこ》ちゃん。同じ学校の子なの」

つり目の勝ち気な少女があやみで、小動物のような娘が舞子。うまく思考を巡らせられない達郎の頭に、ひとまずその情報がなじんでいく。

「ふたりとはクラスが違うけど、前の学校でいっしょだったから」

「幼なじみってやつなの。まぁ、ゆりちゃんはあんまり、みんなで遊びに行ったりはしないタイプだけど」

あやみはスッと伸びた背筋をさらに反らせて、なのに気張った様子もない優美な足取りで達郎の目の前にやってきた。二十センチも開いていない距離で背伸びをして、年上の男の顔を凝視する。

達郎はそれに逆らえずにいた。あやみの勝ち気な、自分が間違っているとも、生意気なことをしているとも思っていない堂々とした態度に気圧《けお》されたのだ。

「ふふん、私の想像どおり。ちょっと服がよれてるけど、よく見ると顔は悪くないし」

――品定めされている。こんな幼い子にわけもわからず……。

そう思うのに、はりつけにされたように身動きが取れない。

「ねぇ、舞ちゃんも悪くないって思うでしょう」

あやみに声をかけられ、舞子がソロソロと達郎に近づいた。好奇心をたたえた瞳が四つ、達郎を無遠慮に眺めている。なんともくすぐったかった。

「うん、三十歳くらいって聞いてたから、もっとおじさんかと思ったのに。お兄さんって感じがする」

「でしょ」

あやみはニッコリと笑った。唇の端から、チャーミングな八重歯が覗いた。

「そ……それで」

達郎はやっとのことで口を開いた。さすがにずっと黙っているわけにはいかない。

「君たちは、どうして大人の男が必要だったの」

「やだ、ゆりちゃん。ちゃんと話してないの」

あやみはくすくす笑ってゆりを見た。慌ててゆりを振り返るが、彼女は恥ずかしそうに視線を逸らすだけだった。

「ふふ、おかしいと思った。私たちのことを知ってたら、ちゃんとした大人がこんな真面目な顔で立ってられるわけがないもの」

（どういうことだ……？）

思わせぶりなことを言って、あやみは少女とは思えない妖艶な目つきをした。射抜かれたようになって、達郎は疑問を口にすることができない。

しどろもどろの達郎を挑発するように、あやみは髪をかき上げた。艶々としたセミロングヘアが、なんの引っかかりもなく持ち上げられてから再び彼女の肩にかかる。そこから少女の甘い香りが漂ってきて、達郎はさらに動けなくなる。

「ふふ……」

あやみが妖しく笑う。まるで目の前の男が、少女を欲望の瞳で眺めていることを見透かしているかのような顔だった。

（なんだ、この娘は……）

こんな貫禄のある少女がこの世に存在していることが信じられない。だが、そんな狼狽《ろうばい》も看破されている気がする。

「私たちねぇ……」

さんざんもったいつけて、沈黙で達郎を焦らしてから、あやみはようやく口を開いた。

「ペットになってくれる男の人がほしかったの。年下の女の子にいじめられて、ひーって泣いちゃう大人の男」

「え……！」

心臓がドクンと音を立てて蠢《うごめ》いた。あやみの言っていることと、いたぶるような視線の意味を理解して、さらに身体がこわばった。

そして今日の昼に、同業者の男が語った噂話を思い出す。

『このへんの女子中学生の間で、男をいじめるのが流行《はや》ってるみたいなんだ』

（まさか、そんなことが現実にあるわけが……）

愕然とする。この藤川あやみという少女には、その言葉がおふざけではないという説得力と迫力があった。

「お兄さん、ゆりちゃんとのことが世間にばれたらいやでしょう？」

甘美な蜜の響きの声で、脅迫めいたことを口にする。

「私たちの言うことを聞いてくれれば、絶対誰にも言わない。お兄さんだって、女子校生といろんなことができるんだよ」

脅迫は誘惑に変化する。

「今までクラスの男子で練習してたけど、男子は弱すぎてつまんないんだもん。大人の男がいいの。でも私にだって美意識があって、誰でもいいわけじゃないし、実際よくなかったし」

「こ……こんなことを、他の男にも？」

「うん、まあね。お兄さんが思ってるより、女の子ってなんでも知ってるし、やってるんだよ？」

実にけろりと、あやみは自分が手練《てだ》れだと白状する。

「そんなときに、ゆりちゃんとお兄さんを見つけたの。顔も悪くないし、なにより……ふふっ、私ねぇ、わかるんだ」

「なにを……」

「女の子にいじめられたい、って思ってる人。見抜けちゃうんだよね」

「そんな、俺は」

「くすっ、今のうちにたくさんいいわけしたほうがいいよ。そのほうが、私に負けちゃったとき、すっごく気持ちよくなれるから……」

――逃げられない。直感で悟ってしまう。

ゆりは複雑そうな顔で、そんな達郎を見つめていた。

2

達郎は裸になり、喫茶店の廃屋の真ん中に置かれた横長のソファの上に座らされていた。誘惑に負けたわけではない。ただゆりとのことを他人に漏らされるのは避けねばならなかった。

(俺だけじゃなくて、ゆりちゃんにも迷惑がかかる)

しかしその考えは自己弁護からくるものだったかもしれない。

本当はこのあやみという少女に、見つめられただけで屈して、言いなりになってみたいという好奇心を疼かせたのかも……と考えかけて、慌てて達郎はかぶりを振る。

そんなことがあっていいわけがない。ゆりと身体を重ねただけでも大罪だ。

ましてや少女たちのおもちゃになるなど、たとえ相手が望んでいたとしても許されない。なによりいい大人として屈辱を感じるはずだった。

「お兄さんだけ裸で、恥ずかしいね」

あやみがくすくす笑いながら言う。全裸になっているのは達郎だけだった。少女三人は、いっさい崩さずに制服を着たままだ。

言われて達郎は、抱いていた羞恥心をさらに疼かせる。奇妙な気持ちだった。己《おのれ》だけ裸にされて恥ずかしいのは当然なはずなのに、恥ずかしがること自体が猛烈に恥ずかしい。こんな子供に裸を見られたって平気だ……そんな見栄を張るべきなのかと迷っていた。

「お兄さん、座ってたらせっかくの裸が見えないよ。ソファにごろんと横になって。いろんなところを出してほしいなぁ」

あやみが蜜の粘りのある声で言う。耳をくすぐる甘い響きだ。

「ほら、ね？」

畳みかけるように言われ、達郎は言葉を発せないままそれに従ってしまう。

(子供のお遊びに付き合うだけだ。こんな女の子たちに見られたって……)

達郎はそんな方針で覚悟を固めた。気弱なふりをして、あやみたちの言うことを聞いてしまおう。それが自分やゆりを助けることになるのなら……。

理論武装してゆっくりと横になった。ソファは達郎の身体の長さには少々足りず、足先が肘かけから少し飛び出した。

「う……」

しかし覚悟を決めたといっても、股間が少女たちの前に丸出しになるのはやはり羞恥だった。しかも困ったことに、達郎のペニスはわずかに血を集めていた。

「ちょこっと大きくなってる」

それをあやみはめざとく見つけ、つんと指さしてからかった。達郎の顔が耳まで熱くなるが、今さらもじもじと隠すのはよけいに恥ずかしい。

「ほら、見て。舞ちゃんは初めてだよね」

「う、うん」

達郎の腰の傍に立ったあやみが言うと、舞子がまたおずおずと近づいた。

「お兄さん、舞ちゃんみたいなうぶな子は好き？」

「うぶ……って」

「舞ちゃんは私と違って、ぜんぜんなにも知らないよ。大人の男の裸を見るのだって、今日が初めてだもんね」

その言葉に高揚か、緊張かもわからないものが駆けめぐった。以前のゆりと同じ、無垢な処女が今、自分の身体を眺めている。

「でも興味あるっていうから。私についてくれば男の人で遊べるよって、誘ってあげたんだ」

「君は……悪い子だな」

「でも悪い子がいいんでしょう？」

「あッ」

あやみの指先が、ぴんと達郎の股間をはじいた。本当に軽く触れられただけなのに、達郎の股間はむくりと、今度は明確に興奮しながら頭を持ち上げてしまった。

「ほら、やっぱり悪い子が好き」

「く……」

悔しさと照れは、どうしてかさらに達郎をいきり立たせた。赤くなった亀頭がむくむくと起き上がり、虚空《こくう》で無様に揺れた。

「わあ、こんなふうに大きくなるんだ」

それを見た舞子が瞳を輝かせ、あやみよりも前のめりになる。

（やめろ、息がかかる……！）

鼻や頬がついてしまいそうなほどペニスに近寄られ、その唇からこぼれる興奮気味の吐息がふう、ふうとかかるのに、達郎は参ってしまった。

さらに勃起が激しくなり、鈴口からとろりと先走り汁が溢れた。

「あっ、なにか……先っぽから出てきた」

舞子の言葉に、離れたところで様子を見ていたゆりも近づいてきた。達郎の足下らへんに位置して、やっぱりあやみたちとは距離を置きながらも、隆起した股間をまじまじと見つめている。

「お兄さん、舞ちゃんに見られて興奮してるのよ」

「興奮すると、こんな……お汁が出てくるの」

「そう。学校でも習ったじゃない」

「う、うん……でも、初めて見るから……へえ、こんなにとろっとしたのが出るんだ……あぁ」

舞子は興味深そうにペニスを眺めていく。まるで視線に温度や手触りがあるかのように、達郎はそれに反応してしまう。

「びくびくしてる」

「お兄さん、女の子にいじめられる才能がありそう」

少女に間近で見つめられる経験は、倒錯した快楽を味わわせてくれる。

「あっ……ねぇ、この……裏の、えらみたいになってるとこ……」

舞子がカリ首の裏を指さし、あやみを振り返る。

「ここ、鳥肌みたいにぷつっ、ぷつってしてる。これ、なに？」

「お兄さん、なぁに？」

あやみは理由を知っているのにわざわざ達郎に説明させようとしていた。

こんな少女の言いなりになるのはしゃくだったが、黙っているのもそれはそれで大人げないように思えてしまう。

「それは……フ、フォアダイスって言って」

「ふぉあ……？」

「気持ち悪いかもしれないけど、害はないから……き、君が言ったとおり、鳥肌みたいなもので……」

なぜ自分は少女にこんなことを説明しているのか。倒れそうなほど顔が熱かった。

「そうなんだ……ぷつぷつなる病気があるとか、前に聞いたから」

「病気じゃないよ。間違えやすいけど……」

「私たちが遊んでも、大丈夫なおち×ちんってこと」

あやみはそう言ってまたくすくす笑った。

「ねぇ、舞ちゃん、そろそろおち×ちんさわりたい？」

「えっ！」

「さわりたそうな顔してる」

「そ、そう……かな。私、そんな顔してた？」

してたよ、とあやみが言う。舞子の中で好奇心より羞恥が勝《まさ》ったらしく、ペニスに近づけていた顔を離してうつむいてしまった。

「ゆりちゃんは？」

あやみに問われて、ゆりはほんの少し近づいてきた。

「じゃあ……少しだけさわる」

そのそっけない言い方がゆりらしい、なんて思ってしまう達郎は、少女がペニスに触れるという事実に明確に興奮していた。

（やばい……やっぱり俺、ロリコンになっちまったのか）

ゆりが白い指で、そっとペニスの幹を握った。

「ああっ」

「あっ……熱い」

ゆりがそう言うと、うつむいていた舞子が顔を上げた。また好奇心が大きくなったらしい。

「私も……さ、さわりたい。いいよね、あやみちゃん」

「もちろん。お兄さんは私たちのおもちゃになってくれたんだから、好きなようにしていいんだよ」

（おもちゃ……）

実際こうされていると、達郎は少女のおもちゃそのものだった。

「じゃあ、先っぽのほう……きゃっ」

ゆりとは温度の違う手が触れ、達郎の肉茎はさらに脈打った。それに驚いた舞子が手を離し、そしてまたすぐに触れてくる。

「すごい、こんなにびくびくするんだ」

幹をゆり、亀頭を舞子に握られ、達郎は我を失わないよう必死だった。

（変態にとって、夢のような話……）

自分が今日、同業者に吐いた言葉を思い出す。まさしくそうだった。

そして己はもう、少女に興奮する変態になっているのだという自覚が胸の中に染み込んでくる。

「手がぬるぬるしちゃう……あっ、ゆりちゃんの手まで垂れちゃう」

「うん……お兄さんのお汁、下まできてる」

ゆりと舞子が言うとおり、先走り汁があとからあとから溢れ、少女ふたりの手を汚していた。

「ちょ、ちょっとだけ動かしていい？　男の人って、ここを手で擦って、おち……」

舞子がなにを言いかけたのか悟って、達郎は全身をブルリと震わせた。

その震えに二人が驚くが、もう手は離さなかった。

「いいよね、あやみちゃん」

「うん。二人でしこしこして、お兄さんを気持ちよくしてあげて」

あやみの言葉だけで、達郎は快感を想像してまた震えた。だがやはり離れないふたりの手が、ゆっくりと動きだす。

「んっ……じゃあ、まず、上……上に、しゅってやるの」

ゆりの言ったことに舞子が頷《うなず》き、直後にぎこちない二つの手が、ペニスをにゅるりとスライドした。

「あぁっ……」

達郎の喉から快感のうめきが漏れる。ゆりと舞子は同時にビクリとしたが、それが気持ちよさからくるものだとすぐにわかったらしい。

「じゃあ、今度は下……」

「ん……さん、に、いち……えいっ」

二人の手が、今度は包皮を引き下げるように動く。その上下運動が遅すぎる手しごきは、逆に達郎を激しく興奮させた。

自分の手で擦ったり、手慣れた女にしてもらうのでは味わえない、ぎこちない気持ちよさ。それがまぎれもなく少女に遊ばれている実感を与えてくる。

「ゆりちゃん、やっぱり……前からお兄さんとエッチなことしてたんでしょ」

「えっ……」

あやみの言葉に、ゆりだけ手を止めた。舞子の手は、もっと動かしたそうにうずうずしていた。

「おち×ちん前にしても、ぜんぜん驚いてないから」

「大丈夫だよ。こうしてお兄さんがいい子にしてるなら誰にも言わないから」

「う……そ、それは」

あやみの言葉にゆりはうつむいたが、それは罪の意識というよりも、目の前の男との淫行を、意図せず嗅ぎとられたことへの恥ずかしさからのようだった。

「ね、お兄さん。いい子だもんね」

その挑発に、達郎はろくな返事を返せなかった。喉からぐ、と奇妙な音が出ただけだ。しかしあやみはそれを従順さととったのか、満足げな顔をした。

「舞ちゃんもゆりちゃんも、もっとしてあげて」

「わかったっ」

元気よく頷いたのは舞子だった。ペニスをいじりたくてそわそわしていたらしい。

「舞ちゃんは先っぽを、撫でるみたいにしてあげて」

「撫でる……？」

「ゆりちゃんはさっきみたいに、上下にしごいて」

「うん……」

あやみの指示のもと、ふたりの少女による刺激が再開された。言われたことを従順に守り、ゆりは血管の走るペニスの幹に、指のリングを往復させる。

「くぅっ……」

それだけで声が漏れるほどなのに、恐ろしいのは舞子の愛撫だった。あやみの言葉どおりに、先走り汁でねっとりした手のひらを使って、敏感な亀頭の部分を撫でてくる。直接射精には繋がらないもどかしい快感に、達郎は身体をくねらせた。

「すごい……あやみちゃんの言うとおりにすると、お兄さんがいっぱい跳ねる！」

舞子の無垢《むく》ゆえの言葉が、達郎の羞恥を煽ってくる。

「本当……お兄さん、先っぽってそんなに気持ちいいの、下のほうよりも」

「気持ちいい……っていうか、くすぐったくて……」

ゆりに問われて逃げのようなことを口にしたが、逆に舞子は燃えたようだった。

「へえ、おち×ちんもくすぐったいんだ。こちょこちょしてもいい？」

「あっ、待っ、うあ……！」

手のひらで亀頭を撫でつける動きから、ねとつく指先がかりかりと鈴口をひっかく責めに変化する。

達郎はたまらずうめきながら身をよじった。舞子とゆりの手から逃げるように、ソファの上でずり上がっていこうとする。

「こらっ」

しかし、それを阻止したのはあやみだった。達郎の脚を押さえつけると、太もものあたりをパチンと叩く。

痛くもない力加減だが、それよりも少女にはたかれたという事実が達郎を打ちのめした。

「いい子にするんでしょ？　女の子が楽しんでるのに、なんでお兄さんが逃げるの」

「う……」

「ごめんなさいは？」

「ご……ごめ」

（なにを言おうとしてるんだ、俺は）

場の雰囲気に流されて、あやみに謝罪しようとした自分に驚いてしまう。

こんな子供の悪ふざけ相手に、なぜ己はのめり込みそうになっているのか。

「ごめんなさいしないとだめだよね？」

パチンッ。

しかし、また叩かれて達郎の中の反抗心は薄れた。どうにもこのあやみという妖女には、リーダーシップというか、その場の支配権を握る力があるように思えた。

「ご……ごめんなさい」

「ちゃんと反省して、次はおち×ちんがくすぐったくても逃げない？」

「は、はい」

自分が本気で謝っているのか、それともこれ以上あやみに逆らえないという面従《めんじゅう》腹背《ふくはい》なのか、よくわからなかった。

「うん、よーし。おち×ちんいじり再開っ」

あやみが言ったことで、再び舞子がペニスに手を伸ばした。

あやみの言動と達郎の反応で、彼女にとって男の肉茎は、安全で楽しいおもちゃになってしまったようだった。爛々《らんらん》と輝く瞳でペニスを見つめながら、また亀頭のあたりを指でいじりだす。

「んん……この、先っぽの穴から……じゅく〜って出てくるのが不思議。えいっ」

「うあっ」

舞子の爪が鈴口をふさぎ、達郎は背筋をしならせた。

「ほじほじしてもいいかな……？」

「舞ちゃんの好きにしたらいいんだよ」

あやみの返答に頷くと、舞子は鈴口に差し込んだ指先をくちくちと動かしはじめた。

「く──く、やめ……」

鋭いなにかが、柔らかくつついてくるような快感。しかも舞子はそこをいじるのに夢中で、射精を促《うなが》すような安定した刺激は与えてくれない。

もどかしい、くちおしいという感覚が膨れ、こんな年端もいかない少女におあずけをされているように思えてきてしまう。

「お兄さん……ゆりもさわったほうがいい？」

「あ……」

そこにゆりが近づいて、再び達郎の肉幹を握った。その手の感触は、今の達郎にとって癒しのようなものだった。

「うあっ、ゆりちゃん……」

「下のほうを、ごしごしってしてたほうが……せ、精液、出やすい……よね？」

ゆりにはペニス遊びではなく、達郎を射精させる、気持ちよくする気概があるのだと知れて安心してしまう。

舞子は好奇心が強すぎて、そこまで意識が回っていなさそうな気配があった。

「舞子ちゃんも……射精は、見たいよね？」

「えっ！　精液、出せるの」

「うん……二人で擦ってれば、たぶん。いいよね、あやみちゃん」

「もちろん。でも」

言葉を途中で切って、あやみは達郎の顔を見つめた。

「あんまりすぐ出しちゃったら、ちょっとつまらないから。お兄さん、頑張ってね」

（くそ……こんな歳の女の子に。バカにされてるぞ）

しかし、あやみの見透かしは当たっている。

二人の少女にしごかれ、達郎はいつ射精してもおかしくないほど興奮していた。

腰の奥からこみ上げた熱が、肉幹をしごかれて汲まれるのを待っている。

「お兄さん……」

ゆりがそっと、わずかに高揚しているような熱い吐息をこぼしながら上下運動を再開させた。粘液まみれの手のひらで、いつくしむように肉胴を擦る。

その手つきはやはりぎこちなかったが、今の達郎にとっては最高の刺激だった。

「んっ……んっ」

ひと擦りするたびに、達郎とシンクロするようにゆりの呼吸も乱れていく。彼女は明確に、達郎を愛撫することで高揚していた。

「先っぽも、してあげないとだめだよね」

「ああっ！」

ゆりに負けじと、舞子も手を使いはじめる。少女の親指と人差し指で作った径の小さなリングに、にゅぽっ、にゅぽっと、何度も亀頭をくぐらせた。

「二人とも、すごく上手《じょうず》。お兄さんがたまらない顔してる」

「え……あ、本当だ……気持ちいいんだね」

「おち×ちんがいいと、そんな顔になるんだ」

三人の……六つの瞳が達郎の表情を見つめる。恥ずかしさに顔から火が出そうだったが、どういうわけかその感情も達郎の興奮を加速させた。

「お兄さん……ゆりが受け止めてあげるから、このまま出して」

「私も……んっ、射精、見てみたい。精液出してっ」

少女たちも高揚しながら手の動きを速くする。

（く……ダメだ、耐えられないっ）

達郎のペニスがいっそう大きく膨らみ、ぎゅっと尻に力が入る。腰の奥で爆発が起こった。

「きゃっ！　あぁ出てるっ、お兄さん、出てる」

「わぁっ……わっ、これが……すごい、すごい、射精なんだっ」

尿道をこじ開けられる感触と同時に、股間の先から白濁が迸《ほとばし》った。

溢れ出した熱は少女たちの手を汚し、もう一度噴き上げては好奇心旺盛に近づいていた舞子の頬と、ゆりの唇にまで飛び散った。

「あん、熱い……精液って、こんなに熱いんだ……」

舞子が自分の頬を撫でながら、どこかうっとりした顔で言う。

「それに、こんなに勢いよく……ぴゅうって出るんだね。びっくりしちゃったぁ」

「うん……お兄さんの、顔についちゃった」

ゆりもぼやんとした様子で、唇についた精液を指先で拭う。

「もう、頑張ってって言ったのに」

あやみはそう言うが、本気で達郎を叱っているわけではない。むしろ楽しんでいるようだった。

「ん……精液って、どんな味なんだろう」

「あっ……」

達郎が止める間もなく、舞子が頬の白濁を拭って口元に持っていった。可愛らしい唇の隙間からピンクの舌が出て、それをペロリと舐めとってしまう。

「うっ……あんまり、おいしくない」

すぐに眉をしかめ、正直な反応をされる。不思議なもので、それを見た瞬間、達郎は再び股間が疼くのを感じた。

男の精の味すら知らない少女に股間をしごかせ、射精して、顔に汚濁をぶちまけたのだという実感が、今さら強くわき起こってきていた。

(まずい……俺、本当に変態になってしまったかもしれない)

そんな彼にとって、これから起こることは天国の予感があった。

3

「お兄さん、まだまだ元気だね」

あやみの言葉に、相変わらず全裸で横になったままの達郎は羞恥を覚えた。

だが股間を隠そうとしてももう遅い。ふたりの少女にしごかれて吐精したばかりだというのに、彼のペニスはまだ硬いままだった。

「今日、もう二回も出してるのに……」

「なぁに、私たちと会う前に一回してたの」

ゆりがぽつりと呟くと、あやみはそれをしっかり拾った。ゆりはしまったという顔になったが、あやみはそれを責めはしない。

「やっぱり、ゆりちゃんとお兄さんってそういう関係なのね。でも、援交じゃないんでしょ」

「私は……その、お兄さんとは……」

「だけどまわりの大人から見たら、援交でも、歳の離れた恋人でも、同じだもんね」

「う……」

ゆりが喉をぐうっと詰まらせた。弱みを握られていることには変わらない。

「お兄さんが私にさわられて……ゆりちゃんとするより気持ちよさそうにしたら、嫉妬する？」

あやみはつくづく魔性の女だった。達郎を手玉に取れるという絶対的な自信を持っていた。

「男の人って単純だから。好きな子がいても、他の女の子にいじめられたら言いなりになっちゃうんだよ」

（ああ……）

達郎は心の中で諦めてしまう。きっと彼女の自信は間違っていないのだ。

「……そうなの、お兄さん」

「い、いや……俺は」

ゆりが不安そうな顔をするのに、しどろもどろになってしまう。

すべてがおかしかった。出会ってまだ二回の少女と恋人同士のように言われているのも、その情愛にこれから快感で割り込んでやると告げられているのも。

「ゆりちゃん、可愛いね」

「えっ！」

「いいなぁ、彼氏がいるのって」

「ち、違うのっ」

舞子が言うと、ゆりはペニスをいじっていたときよりもずっと真っ赤になった。

「そういうのじゃ、ないから……」

「じゃあ、私やあやみちゃんがお兄さんを借りてもいいの？」

「う……それは」

そのやりとりを聞いていて、達郎は頭がくらくらした。

本当に自分とゆりが、歳の離れた恋人同士なのではないかと思えてきてしまう。

（そんな、俺はゆりちゃんを……助けたいって思っただけだ）

まだお互いのこともまったく知らないのに……と考えて、そもそもこの女子中学生を恋愛対象としていることに、自分自身で驚いてしまう。もうわけがわからない。

「お兄さんとこれからも付き合うために……ゆりちゃんは、我慢できるよね？」

あやみが挑発的に言うとゆりは真っ赤なまま黙ったが、やがてこくんと頷いた。

（そうだ……これは、俺とゆりちゃんを助けるためだから）

我ながらずるい逃げ方だと思いながらも、達郎はそれをいいわけに使うことにした。

そうしないと、この状況を受け入れようとしている己を納得させられない。

「くす、じゃああんまり待たせちゃうのもかわいそうだから……お兄さん、身体の向きを変えよっか」

「え……」

「うーん、ソファの上じゃやりにくいかな。ちょっと膝が痛いかもだけど、床に膝を立てて四つん這いになってくれる？」

　達郎は耳を疑った。女——それもこんな少女の前で犬のような格好をするよう命令されるなんて、思いもよらなかった。

「ほうら、やるの」

「あッ」

　ペチン、とまた達郎の太腿が叩かれた。不思議なもので、そうされたとたんに全身にびりりと震えが走った。不快ではない。むしろ気持ちいい痺れだった。

　達郎はまたも心の中で、従わなければ社会的な立場が危ないと自分にいいわけした。

　そしてあやみの命令どおりにソファを降りると、はがれかけたリノリウムの床に膝をついた。

「あはっ、本当になっちゃうんだ」

　命じておきながら笑い、あやみは四つん這いになった達郎の背後に回った。ゆりと舞子は、そんな二人を興味深い瞳で見つめている。

「ん……おち×ちんもそうだったけど、玉々もお尻の穴もきれいだね。あんまり毛が濃くなくて、色も薄いし」

「う……」

少女に品定めされる居心地の悪さに、達郎は身じろぎした。しかしどうしてか、触れられてもいないのに股間はさらに熱を持った。

「特にねぇ、私、この……ここ。お尻とおち×ちんの間がつるつるで綺麗な男の人、好き。ここをつうって、爪で撫でるのが楽しいの」

「うあっ……！」

美少女の小さな爪の先が、男の会陰を引っかくように滑った。その刺激に肌を粟立たせると、あやみはくすくすと忍び笑いをする。

「お兄さん、可愛い……あぁ、もうおち×ちんの先っぽから、お汁もいっぱい出ちゃってるね」

あやみの言うとおり、達郎のペニスの先からはだらだらと粘液が滴っていた。

かすかな刺激と羞恥しか与えられていないのに、ないものねだりを始めている。

「恥ずかしいのがけっこう好きなのかなぁ？」

「そんな……ことは」

「まだわからないよね。大丈夫、私がこれから教えてあげるから」

少女とは思えない妖艶な声で囁《ささや》き、あやみの手が足の間に差し込まれた。

「ほら、握ってあげる」

「あっ……あっ！」

ペニスをキュッと握り、亀頭から根元までを一気に手のひらで撫で上げた。ゆりや舞子と違い、あやみの手つきは巧みだった。

「気持ちいい？」

だというのに手指の感触やかけられる言葉は少女のそれだ。ギャップが達郎をおかしなほど興奮させる。あやみの手の中で、肉茎がびくびくと跳ねた。

「ふふっ、元気だね。もっと動かしてほしい？」

「く……」

「言えないんだ。強情さんだね」

「あっ！」

あやみの手が先端に移動して、ぬるついた亀頭を指で撫で回す動きをする。さっき舞子がしたことだが、あやみのそれは比較にならないほど凄絶だった。

好奇心や無知さではなく、先端だけをくすぐられるのが男にとって苦しいほどの快楽だとわかりきったうえでやっている。

「うく……うあぁ」

「先っぽが弱いんだね。さっき舞ちゃんにもされて、びくびく暴れ回ってたもんね」

「はぁっ……！」

あやみの物言いに、思わず達郎は開いていた両脚を閉じた。

「あっ、こら。だーめ」

手首を男の太ももに挟まれたあやみが、叱るような声を出す。

「女の子が楽しんでるのを、男の人が邪魔しちゃいけないんだから」

「ああっ……」

あやみはもう片方の手を左腿に当てると、くいっと動かして再び開かせた。

大した力などないはずなのに、なぜか達郎はされるがままになってしまう。

（こんな……これじゃ俺がまるで、もっとされたがってるみたいだ）

この少女に与えられる快感と恥辱を、さらに求めているような……。

自分が引き返せなくなっているのを感じながらも逆らえない。

「ほら、こきこき。乳搾りみたいな格好で、おち×ちんよくしてあげるからね」

少女は手つきだけでなく、言葉遣いも巧みだった。羞恥心を煽り、同時にこれから先の快感に期待をさせる。

達郎はしばらく、天使のような手にしごかれ悶えさせられた。

「ねぇ、ふたりとも。もっとこっちに来て」

ゆりと舞子が手持ち無沙汰なことに目をつけたあやみが、二人を呼び寄せる。

「わきの下から手を入れて、お兄さんの乳首をさわさわしてあげて」

「えっ、乳首？」

舞子がきょとんとする。

「そう。男の人だって、ここをつんつんされると気持ちいいんだから。舞ちゃんみたいに」

「やだぁ！　私、そんなに……乳首、しないもん」

あやみのからかいに照れながらも、舞子はゆっくりと四つん這いの達郎に近づいた。

ゆりも同じように、戸惑いの表情をたたえながらも寄ってくる。

「ま……待って。そんなこと……」

「こんなにおち×ちんが敏感なんだもん。乳首も弱いよね？　さわられたいよね」

達郎の狼狽《ろうばい》を、あやみは楽しんでいる。

強く抵抗できないまま、二人の少女の手が胸板に差し込まれた。柔らかな指が肌を探り、つんとした突起を探り当てる。

「ここ……だよね」

「これを……さわってあげればいいんだよね」

「ああっ！」

やがて少女たちによる乳首への愛撫が始まると、達郎は情けなくも声を漏らした。同時にあやみに握られたペニスが、突起への刺激と連動するようにピクン、ピクンと跳ね上がる。

「やっぱり弱いんだ。乳首、気持ちいいね？」

「う……う」

どんどん肉体の弱点を暴かれてしまう。

「男の人って……面白い」

舞子がぽつりと言う。それを聞いたあやみの身体が笑いに揺れるのを、達郎は股間で感じ取った。

「でしょ、男の人ってすごくちょろくて、可愛くて、面白いんだから」

「うん……あやみちゃんの言ってたとおり、はまっちゃいそう」

(俺は……今、オモチャにされてる)

そう思うのに、一気に三つの場所から入ってくる刺激にあらがえない。

「このまま手でぴゅっぴゅってしてもいいけど……最初が肝心だもんね。お兄さんが逃げる気なんてなくしちゃうくらい、最高の経験をさせてあげる」

「あっ……」

言うなり、あやみの手が肉茎からぱっと離れた。それを見てゆりと舞子も手を下げる。それを惜しいと感じてしまう自分が、達郎は妙に恥ずかしかった。

「お兄さん、今度は仰向けになって。背中が痛いなら、ソファに戻ってもいいよ」

あやみはそう言って、制服のスカートの中に手を入れた。黒いプリーツスカートがすっと持ち上がり、少女の細い太腿があらわになる。

達郎は目を奪われ、一瞬呼吸さえ忘れて食い入るように眺めてしまう。

あやみはその視線を平気で受け入れていた。澄ました顔で、スカートの中で手をスルスルと動かしている。

「ほぉら」

やがて両手の親指に白いショーツの端が引っかけられ、ゆっくりと下りていく。あやみは身体を上手にくねらせて、秘部を見せることなく下着を脚から抜き取った。

「お兄さん、仰向けだよ？」

(まさか……このままセックスするのか？)

あやみのしようとしていることを理解して、驚きと焦りが胸に広がっていく。しかし同時に、また例の気持ちいい震えが達郎の背筋を通り抜けた。

「ゆりちゃんとのこと、バラされちゃってもいいの」

（この子は……）

目の前の少女に恐ろしさを覚える。大人を脅迫していることへではない。このタイミングで、達郎が自分にしていたいいわけを見透かしたようなことを言ってくる洞察力に対してだ。

あやみは完全に、他人を掌握する術《すべ》を身につけていた。

「……わかったよ。ゆりちゃんとのことは誰にも言わないでくれ」

達郎は結局、あやみの差し出したいいわけに乗った。仕方ない……とでもいうようなそぶりを見せてから、ソファに仰向けになった。

「うん、それでいいんだよ」

あやみはにこりと笑うと、ゆっくりとソファに近づいた。舞子とゆりは、その様子を食い入るように見つめている。

特にゆりは複雑そうな顔だった。達郎と同じように、自分の置かれた状況や、達郎をどう思っているかがわからないのだろう。

「こんなに年下の女の子に、上に乗られるのってどんな気分？」

言いながらあやみは、細い脚を開いて達郎の腰にまたがった。その仕草は手慣れていて、彼女のただ者でない気配をさらに増幅させていく。

「ふふ、まだお兄さんからは、私のおま×こ見えないね。見たい？」

「う……」

「ねぇ、見たい？」

「み……見たい」

もうこの状態では、欲望をごまかすほうが滑稽に思えた。少女の秘唇を見たい、その気持ちを正直に口にする。

「素直に言えて、おりこうさん。見せてあげるね」

「あ……！」

瞬間、あやみがプリーツスカートをたくし上げた。髪の毛とお揃いの、やや色素の薄い栗色の毛が、ごくわずかに秘密の場所を覆っている。

だが、今の達郎の体勢ではその先のクレヴァスを覗き込むことは難しかった。

「あっ、すごい大きくなった。おち×ちん、びくんって」

「うう……」

だというのに、達郎の股間はさらにいきり立った。またがるあやみの下半身の前で、完全に隆起したペニスが情けなく揺れている。

「お兄さん……もう、私のおま×この中、想像しちゃってるんでしょ」

あやみの指摘どおりだった。彼女が下着を脱いだときから、達郎の身体は数カ月前に味わったゆりの秘唇を思い出していた。

あれと同じような経験ができるのではないか……そう考えてしまっているのだ。

「ゆりちゃんとは最後までした？」

「それは……」

「ねぇ、ゆりちゃん。したの？」

あやみがゆりを振り返る。ゆりは急な問いかけにぴくっと反応して、そして数秒ためらったあと、頭を縦に振った。

「そうなんだ。じゃあ、お兄さんにとって私は、二人目の少女かな。それとも、ゆりちゃん以外とも悪いことしてる？」

「し、してないよ」

達郎は慌てて否定した。あやみに対しての返答と同時に、ゆりに変なことを思われたくないという気持ちが働いた。

「ふぅん……まぁ、いいや。ここでもあんまり焦らしちゃ、かわいそうだもんね。いくよぉ……」

「あっ、ああっ」

ペニスの根元に指が添えられた次の瞬間、亀頭にぬるりと熱い感触が当たった。あやみの秘唇の割れ目だった。ねっとりとした愛液の絡んだ粘膜と、少女特有の柔らかな大陰唇が、ペニスの先っぽを優しく撫でていた。

「ゆりちゃんの彼氏、いただきますっ……んんっ！」

「くぅっ」

粘膜がわずかにスライドし、少女の入り口が押し当てられたと思ってからはあっと言う間だった。ねとつくゼリーのようなきつさがペニスを包み、すぐに先端から根元までを覆い尽くしてしまう。

「あはぁ、はぁん……入った。お兄さんのおち×ちん、入っちゃった」

あやみが鼻から抜ける吐息をこぼしながら言い、誇らしげな顔をする。達郎はそれに気圧《けお》される思いだった。

ゆりは少女、いや処女らしく痛がり、その膣穴もこわばっていた。しかしこのあやみはどうだろう。痛みも萎縮もまったくない。

それどころか、ツブ立ちを鮮明に感じられる肉壁は、男を知り尽くしている気配があった。肉茎をしっかりと咥え込み、誘うようにきゅうきゅうと蠢いている。

(この娘っ……やっぱり、ただ者じゃない)

しかし、危機感を抱いてももう遅かった。

「あぁ、お兄さんのおち×ちん、いい感じ。あん……不思議だよね、入れてみないとわからない、格みたいなのがあって……」

「う、くぅぅ」

こんな小娘が一人前に男を品定めして、ペニスの評価までする。それに悔しさを抱くが逆らえない。

(くそ……気持ちいい。女子中学生のオマ×コってのは、こんなにイイものなのか)

ゆりと同じようなきつさはそのままに、ペニスを舐めしゃぶるようなうねりがある。妖艶な怪物に取り込まれてしまったような気持ちで、達郎はただうめき声を漏らした。

「ちょっとずつ動いてあげるね。ん……」

あやみの腰遣いが始まる。達郎の胸板に手をつき、ゆっくりと下半身だけを持ち上げていく。ねとついた肉壁がペニスを撫でながら離れていく。

「んっふ、お兄さんのおち×ちん、首のところがぷりってしてる。気持ちいい」

「あぁっ……!」

カリ首らへんがかろうじて引っかかる位置で腰が止まり、そのあたりを入念に擦るように上下した。にゅぷ、にゅぷ……と、こなれた壁が敏感な先端を追いつめる。

「ゆりちゃんも、こんなの入れられちゃってるんだぁ。いいなぁ」

「うあっ、ゆ、ゆりちゃんのことは」

「言わないでほしい？　今も、こっちをじーって見てるよ」

「う、うぅ」

達郎の中で疼く罪悪感をも、スパイスとして楽しんでいる。

言われると自分たちのセックスを見ているゆりと舞子のことを意識してしまい、羞恥心がまた強くなっていく。

「舞ちゃんは、セックス見るの初めてだよね。もっと近くに来て……あぁ」

「いいの……？」

問いながらも、舞子は興味津々にこちらに寄ってきた。あやみと達郎の結合する下半身あたりを、至近距離でじっと見つめだす。

「すごい……こんなふうに、出たり入ったりするんだ」

「んんっ、そう。もっと速く動いてみせよっか」

「う、うん。見たい」

セックスの相手である達郎には確認すらせず、あやみは動きを速めた。カリ首をいじめるような動きをしていた腰を深く落とし込むと、長く早いストロークでペニス全体を責め立てていく。

「くっ……くっ、あやみちゃんっ」

達郎はたまらず喘いだ。少女の幼膣が、大人と遜色ない速度と技術で蠢《うごめ》くのだ。こんな快感を味わって、平気な顔をしてはいられなかった。

「いつでもイッていいよ。今日は、お兄さんを喜ばせてあげるためだから……あんっ、はぁ、あぁ」

あやみが全身を使って弾む。さらさらの髪から、シャンプーの甘い香りが立ちこめて達郎の鼻腔をくすぐる。

あやみも感じているのか、膣穴のわななきがわかる。激しいピストンと同時に、射精にいざなうように肉壁が媚びてくる。

「ううっ、で、出そうだ。あやみちゃん、ダメだ、ああっ」

こみ上げる快感に逆らうことができず、達郎はあっさりと射精してしまった。

「あぁ、出てる出てる！　んんっ、もうちょっと……あぁ、あふっ……」

「ま……うっ、あっ、あっ」

しかしあやみは止まらなかった。射精されながらも腰を激しく振り立て、自分自身の絶頂を追い求める容赦のない動きで、精を吐いたばかりの達郎の肉竿を責めてくる。

「あふ、私もイケそう……あっ、は、ふぁっ、あっ――あぁあぁっ！」

達郎を根元まで咥え込んだタイミングで、あやみの全身が震えた。びくっ、びくっ、と痙攣を繰り返し、それが膣穴からペニスにも伝わってくる。

「くぁ……あぁ、ああっ」

達郎は一滴残らず白濁を搾られながら、あやみの絶頂を感じ取る。

（なんて女の子だ……）

吐精の余韻に浸りながら、自分にまたがっている女の子の底知れなさにおののいてしまう。

「わぁ……すごい、これ……射精してるんだよね。さっき、私たちの手にぴゅうって出たのが、あやみちゃんの中で……」

「んふ……そうだよ。すっごく気持ちいいんだから」

うっとりした口調であやみが舞子に言う。

「出しちゃったの、お兄さん……」

ゆりはその様子を、少し離れたところからぽつんと眺めていた。

第三章　純情少女の顔面騎乗

1

『お兄さん、今日も待ってるからね♪』

夕刻。達郎が進みのよくない仕事を持て余していると、スマホのアプリにそんなメッセージが送られてきた。相手はあやみだ。

達郎が少女たちにもてあそばれた日、行為が終わると達郎は連絡先の交換を要求された。

これからもたくさん楽しませてもらうんだから……そう言ったあやみに逆らうことができず、仕方なくメッセージアプリのアカウントを教えたのだ。

(本当に、あんなことをまたしてしまうのか。俺は……)

達郎は、わずかに少女たちに会うことを期待している己《おのれ》に困惑する。

先日のことを思い出すたびに落ち着かなく悶え、そのつど、ゆりを助けるため、自分の社会的地位を守るためと頭の中でいいわけを繰り返した。

しかし、もはやすでに自分はアリ地獄にはまってしまっているのではないか。

ゆりのため自分のためと言いながらすることが少女との淫らな逢瀬では、達郎の罪は増える一方だ。

あやみだってそれをわかっているだろう。どこまでも悪魔的な女の子だった。

(なんとかしなくちゃならないが……でもなにを、どうやって)

その迷いもまたいいわけだった。

あやみはゆりと達郎を目撃したとは言ったが、たとえば写真を撮っただとか、具体的な証拠は持っていないだろう。いたならすぐに取引の道具として出してくるはずだ。

それがないということは、もし誰かに告げ口をされたとしても少女の虚言ということにしてしまう……という手だってある。ゆりにも同じように、嘘をつき通させればいい。

(俺は、望んでるのか。またあんな女の子たちにもてあそばれるのを)

もう大人、少女からしたらおじさんに片足を突っ込んだ年齢で少女の魅力に溺れ、しかも優位に立たれ、翻弄されることを楽しんでいる……。

「いや、でも……でも……」

思わず独り言《ひとごと》を呟《つぶや》き、結局まとまらない思考にぐしゃぐしゃと頭をかく。

そして仕方ないとまた言い訳しながら、あやみに返事をする。

『わかった。今日も行くから約束は守ってくれ』

「はぁ……」

すぐに既読のマークと、待ってるね、という短い返事。またあの廃ビルに向かわねばならない。

「あっ」

またすぐにアプリの通知でスマホが震えたので、画面を見る。

「……ゆりちゃん？」

メッセージの相手はあやみではなくゆりだった。

あやみとは別口のトークルームに、彼女からの連絡があった。

『外で待ってる』

「外って……」

達郎は思わず、日中だというのに閉めきったカーテンを開け放った。

アパートの二階の窓から、一階の路地を見渡すと、なんとあの可憐な少女が制服姿でたたずんでいた。

泡を食って上着を羽織り、最低限のものだけ持って外へ飛び出す。

急ぎ足で階段を下りると、ゆりはすぐに達郎に気がついた。

「ゆりちゃんっ」

「あ、来てくれた」

慌てる達郎とは反対に、ゆりは瞳を輝かせた。

コートの襟をぐっと持ち上げ、唇を埋《うず》めて照れくさそうにする。

「どうして。なんで俺の家がわかったんだ？」

「……つけた」

「つけた？」

「このあいだ、お別れしたあと……こっそり後ろからついてってった」

達郎は口をぽかんと開けてしまった。

この間、あやみたちと初めて出会った日のことだろう。

達郎は怪しまれないように、少女たちより先に一人で廃ビルを出て帰途についたはずだった。

それを後ろからつけられていたとは驚きだった。まったく気がつかなかった。

「お兄さんの、住んでるところが知りたくて」

だが、恥ずかしげにそう言われてはなにも返せない。

「ま、まぁ、人に見られるとあれだから……」

今さら慌ててあたりを見渡した。一階に住んでいる大家にでも見られたらことだ。

「今日、あやみちゃんからおいでって言われたから、お兄さんのこと呼ぶんだってわかった」

「あ……そっか。俺とは別にやりとりしてるのか。あやみちゃんは、同じ学校なんだもんな」

「うん……」

奇妙に距離をとりながら、二人はひとまず歩きだす。

「じゃ、じゃあ……ビルに向かわないといけないな、うん」

「……今日も、やっぱり行く？」

その言葉に達郎はどきりとする。ちょっと責められている気がした。

「もう行くって返事をしちゃったよ。ばっくれるわけにはいかない」

「そっか……」

ゆりはさっきの高揚した感じが落ち着いて、戸惑っているかのような表情になった。

「私と、お兄さんのためだもんね」

「ああ。しばらくは言うことを聞いて……そのうちあやみちゃんも気が済んでくれるといいんだけど」

達郎が言うと、ゆりは黙った。

「とりあえず電車で……あ」

達郎は言葉を止める。ゆりの歩みも止まった。

きゅう、という可愛らしい音が、ゆりの腹部あたりから鳴った。分厚いコートに阻《はば》まれていても、はっきりと聞こえてしまう大きさだった。

「……おなかすいてるの？」

「う……だ、大丈夫」

ゆりは恥ずかしそうに首を振った。その仕草に達郎は緊張がほぐれた気分になって、思わずふっと笑ってしまった。

「なんだよ、言ってくれればいいのに。なにか買っていこうか」

「でも……私と歩いてるところ、あんまり見られないほうがいいんだよね」

「それは……まぁ。でも、いや」

あまりびくびくしすぎると、かえって怪しまれる気もする。

堂々と胸を張っていれば、親戚の子くらいに見てもらえるかもしれない。

「大丈夫だよ。なに食べたい？」

思い直して、達郎は努めて明るくゆりに問いかける。

ゆりは照れてなかなか言葉を発さなかったが、最終的には小さく「パン」と答えた。

駅までの道にある小さなパン屋で何個か買い込んで差し出すと、やっぱり照れくさそうに受け取ってくれた。

「食べながら歩いて平気？　どこかに座るか」

「ううん、平気……あ、でも、電車の中で食べるのはちょっと恥ずかしいかな……」

「じゃ、駅前のベンチで」

達郎の思惑どおりに駅のベンチは空いていた。二人でそこに腰かける。

「あやみちゃんに、遅れるって送らないとな」

「あ、私が送る」

達郎の言葉に、ちょっと食い気味にゆりが返事をする。パンを置いてスマホを取り出すと、達郎よりも速い手つきでメッセージを打っていた。

(こういうところを見ると、現代っ子っぽいなと思うんだけど)

今どきの子にしてはずいぶんおとなしい。

黒髪をおさげにしている見た目も、いっさい着崩していない制服も、清楚でよく似合ってはいるが、最近の少女っぽいかと言われるとそうではない。

(……おしゃれをする余裕もないのかな)

そんなことを考えて、達郎は苦しくなる。彼女の語った家庭の経済状況は、あまりに逼迫《ひっぱく》しているように思えた。

「……ごめん。飯がまずくなること聞くけど、お金のこととか大丈夫?」

「あ……うん。当分は大丈夫……だと思う。お昼ご飯をがまんすれば」

「我慢って……昼、食べてないんだ」

「う……」

しまった、という顔をされる。達郎はさらに複雑な気分になりながら、二個目のパンを差し出した。

「……私、大人の人に優しくされたのって初めてだった」

それを受け取りながら、ゆりがぽつんと言う。

「お兄さんが、初めて」

初めて。その言葉にいろいろなものを想起してしまう。

(俺は、こんないたいけな子の初体験を……)

しかも今は、それをネタに他の女子中学生から脅されているのだ。

だというのにその状況を、わずかに喜んでいる自分がいる。その自家撞着《じかどうちゃく》がなんともどかしい。

「お兄さん……あやみちゃんや舞子ちゃんを、どう思った？」

パンをかじりながら、ゆりがふとそんなことを切り出してきた。

「どう、って」

「……あやみちゃんって、美人だよね」

達郎は言葉を詰まらせた。

「舞子ちゃんも可愛いし。あの子、学校ですごくモテてるんだよ。守ってあげたいとか言ってる男子がいっぱいいるの」

確かに近寄りがたい雰囲気のあやみより、小動物のような舞子のほうが、年頃の男子の好みかもしれない。

(って、違う違う。そんなことはどうでもよくって)

「……私とどっちが好み？」

「な、なんでそんなこと聞くのさ」

「だって、これから会うんだもん」

ちょっといじけたような口調だった。

まるで恋人が嫉妬をして拗《す》ねているようで、達郎は年甲斐もなくどきどきした。

「好み……とか、わ、わからないな。だって、君たちまだ中学生なんだから」

「中学生は……可愛いとか、そういうのない？」

「な、ない……かな？」

「ふぅん……」

ゆりの沈黙が奇妙に重たい。自分が女子中学生に惹かれていることを突きつけられているようで、胸がざわざわした。

ゆりに対する恋人のような気持ちも続いていた。

（俺はこの子を、どう思っているのか……）

助けてあげたいのか。現状の運命共同体というだけか。それとも……。

2

「二人とも、本当にご飯食べてきただけ？」

例の廃ビルに着くなり、あやみは鋭い、けれども楽しそうな視線で達郎とゆりを見つめた。

「お兄さんとご飯食べるから遅れる、って送られてきたけど……ちょっと怪しい」

「うん、ゆりちゃんだけお兄さんを独り占めしてたんじゃないよね」

あやみの勘ぐる声に舞子が同調して、達郎は場違いにも恥ずかしくなった。

（これじゃ、交際をからかわれてるみたいだ）

ゆりが二人の言葉をどう思っているか気になって隣を見ると、彼女は赤くなってうつむいていた。それを見て達郎も照れてしまう。

「二人とも真っ赤！」

「違うの。本当に……駅前のベンチで、パン食べてただけで」

「本当？　怪しいなー」

「や、やめてよ、舞子ちゃんっ」

ゆりは二人の言葉に、達郎以上に反応している。

「ゆりちゃん可愛い」

「う……や、やだ」

舞子の愛くるしい笑顔からは、彼女をからかっているのか、素直にそう思っているのかがわかりづらい。

「でも、今日もお兄さん借りちゃうからね」

「うん。さっき舞ちゃんと話してたの。今日はどんなことして遊ぼうかって」

遊ぶ。その言葉に、達郎は改めて緊張する。

(この娘たちに、今日もてあそばれるんだ)

達郎はごくりと固唾《かたず》を呑み、あやみと舞子を見つめた。

「ほら、お兄さん。裸になって。私たちが遊びやすいようにしてくれなくっちゃ」

あやみは天使のような顔でくすくす笑い、当然のように達郎に命じた。

「さっきねぇ、舞ちゃんに聞いたの。お兄さんで遊ぶとき、なにしたい？ って」

(俺で遊ぶ……)

その残酷な響きが、達郎と彼女たちの関係性をはっきりと表現していた。達郎は少女と対等ではない。あやみたちにとっては、面白い玩具なのだ。

「……っ」

しかし、どうしてかそう思うと下半身が疼いた。ぞくぞくとしたものが背筋を駆け抜けていく。

「あれぇ」

そしてすでに全裸でソファに横たわっている達郎の変化は、すぐに少女たちの知るところとなる。

「お兄さんのおち×ちん、ピクッてしたね。舞ちゃん見えた？」

「う、うん……あぁ、大きくなってく！」

少女たちに観察されて、達郎のペニスはぐんぐんと隆起しだしていた。

(どうしちまったんだ、俺は……とんでもなく恥ずかしいのに)

少女たちに観察され、顔どころか首や耳まで熱い。心臓の鼓動も早く、緊張している。

なのに、それらを追い抜くように興奮が全身に行き渡っていた。

「変態」

「く……」

あやみからストレートな罵倒が投げられた。なにも言い返すことができない。

「ね、ゆりちゃん。遅れたのは、本当にご飯食べてきたから?」

「うん……そうだよ」

「ふぅん……そっか」

あやみはゆりに問いながら、触れてもいないのに完全に勃起したペニスを見つめて目を細めた。

「うん、信じてあげる。だってお兄さんのおち×ちん、こんなに大きくなってるんだもん。これでここに来る前にゆりちゃんとしてたら、怪物かも」

「あっ……!」

ゆりと達郎は同時に声をあげた。あやみがあまりにさりげない手つきで、ペニスの先をぺちんと叩いた。

肉の竿がブルンと揺れるのを、忍び笑いをしながら眺めている。

「ねぇ、お兄さん。私たちと遊んでから、あれから一人でしたりした?」

その問いかけに、達郎は言葉を詰まらせる。

「一人でって……お、オナニー……ってことだよね」

舞子が興味津々に訊ねると、あやみは笑顔で頷いた。

「ううん。オナニーじゃなくても……ゆりちゃんとこっそり会ってたとか？」

「い、いや。会ってない」

「オナニーは？」

「し……」

してない。そんな嘘をつくことは簡単だ。証拠はどこにもない。

（く……）

しかしどうしても今の達郎は、そんな単純な虚言を弄することができないでいた。

（きっとこの子には全部バレる）

嘘などつこうものなら、誘導尋問で吐かされてしまう。罰せられる。あげつらわれて、女子中学生たちの前で恥をかかされる……。

そんな未来が容易に想像できてしまう。あやみという娘はそれだけの魔性と、男を従わせる手管《てくだ》を持っているように思えた。

「ほうら、教えて？」

「あッ」

ぺちんっ……。

今度はあやみは、人差し指を親指ではじいて亀頭をいじめた。大して強くもないはずのその刺激に悶え、観念させられてしまう。

「し……した」

「ふうん。私たちのこと、思い出しながら？」

「は、はい」

素直に罪を吐き出すと、あやみは意地悪そうに目を細めた。彼女の嗜虐心のスイッチを押してしまったとわかり、達郎は息を呑む。

「なにがお気に入り？　裸にされて、ゆりちゃんと舞ちゃんに手でしごかれたこと？　それとも四つん這いで私にしごかれて、二人に乳首をクリクリされたのがよかったのかなぁ」

「あ……あう」

言われるだけで、先日の淫らな行為が思い起こされてしまう。

達郎のペニスにいっそう血が集まり、鈴口から先走り汁がとろりと滴った。

「やだ、まだぜんぜんさわってないのに」

「すごい……あやみちゃんに言われるだけで感じてるんだ」

「そうだよ。男の人って、想像力がすごいんだから」

舞子が信じられないといった顔で達郎の腰元に近づく。ゆりもそれについてくるようにして、達郎は少女たちに肉茎を凝視されてしまう。

あやみはゆりに立ち位置を譲ると、達郎の頭側に移動してくる。顔は見えなくなったが、微笑んでいるのが目に浮かぶようだった。

「ねえ、あやみちゃん。もうさわっていい？」

「んふっ、舞ちゃんはせっかちだね」

「こんなにぴくぴくしてるから……さわってあげたほうがいいのかなって」

「だって、お兄さん。さわってほしい？」

やはりこの少女は悪魔……いや小悪魔だ。達郎をどんどん逃げられないように追い込んでいく。

少女からの愛撫を望んでいるのだと、達郎の口から言わせたいのだ。

(このまま言うことを聞いてしまってたら……とんでもないことになる)

そう思うのに、達郎の中の理性は上手《じょうず》に働かなかった。

少女たちの髪や肌から漂う芳香や、好奇心旺盛な瞳、そして今にも触れたそうにうずうずしている白い手指……。

それらを見ていると、さかしらに我慢をすることなど馬鹿馬鹿しく思えてくる。

「さ……さわってほしい。また、この間みたいに」

結局そう口にしてしまって後悔する。胸にジワリと黒いものが広がるが、それは長続きしなかった。

「ああっ」

あやみの言葉を待たずに舞子が肉幹を握り、きゅっと力をこめてきたのだ。

「あああっ……熱い。この前といっしょ」

「もう、舞ちゃんったら」

舞子の手つきは先日よりは堂々としているが、それでもやはりおっかなびっくりだ。慣れている女性のようにしっかり握ってはくれないが、そのもどかしさがさらに達郎に快感を与える。

「あやみちゃんと話してたの。次にお兄さんがきたら、フェラ……してみたいって」

「フェ、フェラって……」

達郎の喉が鳴る。こんななにも知らない無垢《むく》な存在が、口淫奉仕をしたいと申し出ていることが信じられなかった。

「うん。男の人ってフェラが大好きだもんね。お兄さんを練習台にしたらいいよって話してたの」

(う……)

その言葉で己の思い上がりを自覚して、達郎は一人恥ずかしくなる。

自分はフェラチオを奉仕だと思っているが、この嗜虐少女からすれば、男を責める手立てのひとつにすぎない。

舞子だって、達郎を気持ちよくしてあげたいのではない。男のペニスという玩具で、いろいろな遊び方を試したいだけなのだ。

(完全にオモチャにされてる……なのに……)

「きゃっ、またびくんってした！」

屈辱を感じれば感じるほど、達郎の肉茎は大きくなっていく。

「あぁ、また手にべとべとしたのがついちゃったよぉ」

「お兄さん、いっぱいお汁が出るね。女の子よりも濡れやすいかも」

「く……」

ペニスの先を期待で濡らしていることを指摘され、いっそう羞恥心がこみ上げる。

「いいよね、あやみちゃん。舐めても……」

「うん、お兄さんももう待てないみたいだから」

「わかった……」

ゆっくりと、好奇心と緊張の入り交じった舞子の可愛らしい顔が近づいてきた。可憐な唇がわずかに開かれ、そこから薄い舌が突き出される。

「んっ……」

「ああっ」

その舌先が、いきなり鈴口に差し込まれるように密着したので驚いた。達郎の腰がびくりと跳ね、それに驚いた舞子は一度口を離してしまう。

「舞子ちゃん……離さなくて大丈夫」

あやみではなく、ゆりが助言をする。

「そのまましたら……お兄さん、気持ちよくなってくれる」

「う、うん……こうかな……んむっ」

達郎の腰が再び跳ねた。舞子の口がさっきよりも大きく開かれ、充血した亀頭を咥え込むようにぱくりと覆った。

「んむ……んふ」

鼻息が下半身にかかる感覚と、ちろちろと生ぬるい舌の感触。まぎれもなく、ロリータにペニスを舐められているのだという実感が、今さらながらわき起こって達郎を震えさせた。

「ゆりちゃん、舞ちゃんにおち×ちんとられちゃったね」

「こっちにおいでよ。いっしょにここをいじめてあげよう」

「ここって……」

「う……！」

あやみが突然達郎の乳首をつまみ上げた。思わず声をあげてしまう。

「この間、お兄さんはここも感じるってわかったんだから。ね？」

「わ、わかった……」

ゆりが達郎の上半身に近づくと、あやみは再び場所を変えた。

ソファの背もたれ側に立って肘をつき、もう片方の腕をすっと伸ばして左の乳首をつまむ。ゆりはそれを見ながら、右側の乳首にそっと触れた。

「んはぁっ、おち×ちん、また大きくなったっ……お兄さん、乳首、そんなに気持ちいいの？」

「く……」

舞子の無意識に責めるような口調に、達郎の羞恥はさらに加速していく。

しかし三つの場所を同時にいじられる快感からは逃れられず、少女たちのされるがままになってしまう。

「う……」

「不思議……おち×ちんって、舐めてるとドキドキする。んむ、つるつるしてて気持ちいい。先っぽ汁も、精液とぜんぜん味が違うし……」

「すっごく楽しいでしょ」

「うんっ。フェラ、楽しい。あむっ……」

「ああ……！」

舞子は再び肉竿に口をつけると、ペロペロと舐め回すのを繰り返した。敏感な先端が舌のざらつきで磨き抜かれているような感触に悶える。

「こぉら、お兄さん。逃げちゃダメ」

「あくぅっ……！」

しかし快楽に身をよじろうとすると、あやみが乳首を強くつねってくる。

「女の子が楽しんでるときは、男の人はじっとしてなくちゃ。マナーだよ」

「ううっ……」

「……お兄さん」

あやみに叱られる達郎に、ゆりがぽおっと赤くなった顔で声をかけてくる。

「こんなによさそうにして……乳首がいい？　それとも、舞子ちゃんの口が……気持ちいいの？」

「う……う、それは……」

「教えて」

ゆりの言葉は、舞子ともあやみとも違う響きを持っている。責めるようでいて、どこかに期待のようなものが見え隠れする。

「ぜ……全部。全部気持ちいい」

なんとも玉虫色な返事をしてしまう。しかしそれが事実だった。

「乳首もフェラも……ああ、すごく気持ちいい」

「だって、舞ちゃん」

「んむぅっ……はぁ、うれしい」

「ゆりちゃん、ちょっと複雑？」

「べ、別に。お兄さんが気持ちいいなら、それで……」

ゆりはいじけたようにうつむいた。

「……そうだ、舞ちゃん。ちょっとお口止めて」

「んんっ」

あやみに従って、舞子が口淫を止めてしまう。

「このままフェラしてたら、お兄さんもう出しちゃう。その前にもうちょっと遊びたいでしょ」

「この間、手でしたようなことを、今日は足でしてみようよ」

「遊ぶ……？」

「足……？」

舞子は理解できないようだったが、達郎はあやみのしようとしていることをすぐに理解して身震いしてしまった。

「あは、お兄さん、気持ちよさそうに震えた。わかってるんだ」

「く……あ、足はダメだ」

「どうして？　もしかして、大好きだったりする？」

あやみにはなにを言ってもかなわない。彼女がすると言ったら絶対だ。そう思い知って、なにも反論できなくなってしまう。

「わかってるなら、ほら。お兄さん……ソファから下りて……床にあぐらをかいちゃってよ。もちろん裸のままでね」

「う……」

こんな女子中学生の言いなりになってしまう自分自身が恥ずかしい。だがもう己を止める手立てがわからない。

達郎は言われたとおり、裸のままソファから下りて、欠けた床にあぐらをかいて座った。

「ふふっ、恥ずかしい格好」

あやみが笑い、舞子をソファの上に座らせる。

「舞ちゃん、ここから脚を伸ばして。あっ、タイツは脱いだほうがいいかも。お兄さんが出しちゃったら、汚れるから」

舞子は好奇心旺盛な顔で頷いて、ゆりとお揃いの黒いタイツを脱ぎだした。

「よいしょ……っと」

真っ黒なタイツが引き下げられ、その下にある輝かんばかりの白肌があらわになる。

達郎は我知らずのうちに喉を鳴らしながらそれを見つめてしまう。

「脱げた？　そしたら、お兄さんのおち×ちんを両足で挟むの」

「えっ？　そんなこと、しちゃっていいの」

「うん。これってね、男の人にはご褒美なんだよ。特にお兄さんみたいな人はねぇ、女の子に足でいじめられるのが大好きなんだから」

「そうなんだ……」

舞子は信じられないという顔をしていたが、好奇心のほうが勝《まさ》ったらしい。達郎のペニスめがけて両脚を伸ばす。

「くっ……」

「ああっ、足に……ぬるぬるのおち×ちん……」

タイツに包まれていたせいでわずかに汗ばんだ足の裏が達郎を包んだ。充血しきったペニスは、その刺激を喜ばしいものとして受け取ってしまう。

「すごい、びくんってした。本当にご褒美なんだ」

「うん。お兄さん、気持ちいいよね？」

「く……は、はい」

はい——自分の口から出た丁寧な言葉に驚きながらも、少女の魔性を前にしては仕方ないという諦めもあった。

（こんなにされて、逆らえるオスがいるもんか）

達郎の中に、快感を欲《ほっ》するあまりの開き直りのようなものが生まれる。

「ふふん、それじゃあ舞ちゃん、踏み潰さないように……ゆっくり、足を上下させて。疲れたらいつでも休んでいいよ」

「うん……あっ」

あやみの教えに従って、舞子の足がゆっくりと動きだす。少女の足の裏は柔らかく、感触もすべすべしていた。

汗ばんだ肌が隆起した竿肌と心地よく触れ合い、足でしごかれるという背徳感や興奮の中に、即物的な気持ちよさを投げ込んでくる。

「お兄さん……」

「あッ」

達郎は思わず、起こしていた上半身を跳ねさせた。いつの間にかゆりが彼の背後に回り、さっきと同じように乳首に指を添わせてきた。

「ゆりはこっちをしてあげるから」

「いや……あっ、あっ」

まさかやめてくれなどとは言えない。上向きになった乳首を、ゆりの細い指がつんつんとつついてくる。胸の先からじわりと入ってくる快感に、達郎は少女たちに見られていることも忘れて声を漏らしてしまう。

「ふふ、お兄さんにしてよかった。こんなに感じやすくて可愛いんだから」

あやみは笑いながら、舞子の隣に腰掛けた。

「ほらお兄さん、もっと興奮させてあげる。見て」

言いながらあやみが、自分のスカートを持ち上げる。驚くことに下着をつけていなかった。舞子と違ってハイソックスのあやみの下半身は丸裸だ。うっすらとした茂みと割れ目が、ちらりと足の間から見えた。

（まずいっ……こんなの見せられたら）

思った頃にはもう遅く、もともと痛いくらいに勃起してたペニスがさらに熱くなる。

「あんっ、おち×ちん、暴れないで」

「くあぁぁっ！」

舞子が暴れ馬をいなすように、ペニスをぐいっと両足で押さえ込んだ。

「ダメだ……くぅっ！」

「あぁっ……！」

その刺激がとどめになって、腰の奥から一気に白濁がこみ上げた。

「出てるっ……あぁ、足にかかってる……！」

達郎の先端から精液が溢れ出し、舞子の白い足をどろりとしたもので汚していく。

「ふふっ、出しちゃったね」

あやみは涼しい顔で笑いながら、ぱっとスカートから手を離した。

「どれがよかったんだろう。舞ちゃんの足かな。ゆりちゃんの手？　私のオマ×コが見えたこと？」

「う……うく……」

「また全部よかった、って言うのかなぁ？」

「ぜ……全部、よかった」

「ほら」

くすくす笑うあやみと、どこか達成感のある顔をした舞子。

ゆりは少し悔しそうな瞳を、持て余していた。

3

「男の人って、本当に……足でされても射精しちゃうんだ」

舞子が高揚しきった顔で言ってくるのに、達郎はなにも返せない。自分よりひとまわり以上も年下の少女に、ペニスを足でしごかれるという屈辱的な行いをされたにもかかわらず、気持ちよくなって精をこぼしてしまった。

その事実の前では、どんないいわけも無意味だった。

「ね？　男の人って、ちょろくて面白くて、可愛いんだよ」

あやみが勝ち誇った笑みを浮かべる。そのとおりだ。彼女たちの前では、自分はちよろい存在だった。

「悔しいね、お兄さん」

そして達郎の心を見透かして、そんなことまで言ってくる。

「メスガキ、立場をわからせてやるー、って、逆襲してもいいんだよ。お兄さんくらいの大人が本気になれば、私たちのことなんてこてんぱんにできるもんね」

「いや……でも……」

「でもしないし、できないんだよね」

本当に、なにもかも見透かされている。

「だって、一回でもそういうことをしちゃったら、もう二度とおち×ちんで遊んでもらえなくなっちゃうもんねぇ」

「く……」

そうだ。暴力に訴えて少女たちに言うことを聞かせるのなんて簡単だ。

今すぐあやみと舞子をやりこめて、「ゆりとのことは口外するな」と脅迫するのだって、できなくはない。

だが達郎は、あやみが告げた理由でそれを実行しようとは思えずにいるのだ。

自分の意識はもはや、少女にもてあそばれることに向いてしまっている。

彼女たちの好きにされるのは心地いい。こうしてされるがままになるのは気持ちいい。それ以上のことは考えたくない……そんなふやけた思考に染められていく。

「舞ちゃん、もう一回足でしてあげなよ」

あやみは舞子の隣から立ち上がりながら、悠々と命じる。

「精液まみれのお兄さんのおち×ちん、いじめてあげて」

興奮している舞子は、すぐに頷いて続きを始めた。

「あっ……ま、待って、舞子ちゃん」

達郎の静止の声も聞かず、まだ熱を持って上を向くペニスに足を添えてくる。

「ああっ、さっきよりヌルヌル……白いの、足についちゃう」

達郎自身がまき散らした白濁によって、舞子の足と肉茎はどろどろだ。一瞬臆した様子の舞子だったが、すぐにコツを覚えたようにそのぬめりを幹に塗りつけてくる。

「うッ、うッ……」

「お兄さん、歯、食いしばってる……気持ちいいんじゃないの？」

「こぉら、逃げないの」

射精したばかりのペニスをいじられて、強すぎる刺激に腰が逃げてしまう。

「あっ……！」

しかし、すぐにあやみが止めに入ってくる。

あとずさりしようとした達郎の腰を背後から支え、舞子のほうへ押し戻す。

「舞ちゃんにいいこと教えてあげるね。一回出したあとの男の人って楽しいんだよ。ちょっと足どけて」

「ん……」

舞子が足をペニスから外すなり、あやみの手が後ろから回ってきた。そして巧みな手つきで、こちょこちょと亀頭をくすぐりはじめた。

「うあっ、ま、待ってくれ。それはだめだ」

「ほぉーら、見てて」

「あうっ、あっ、あっ」

もはや達郎は恥も外聞もなく、みっともなく悶えて身体を振り乱した。精液と先走り汁でぬるつく亀頭を、あやみの魔女のような指と爪が何度もやわく引っかいてくる。痛痒《つうよう》感に襲われて悶絶し、喉からはひっきりなしに情けない声がこぼれる。

「やだ、えっ、どうなっちゃうの」

「お兄さん……？」

気がつけば舞子も、後ろにいたはずのゆりも達郎の前にやってきて、あやみにされるがままの彼をまじまじと観察している。好奇心旺盛な瞳が視姦してくるのがまた屈辱で、達郎はいっそう身を震わせた。

「……ってしたところで、ぱっ」

「あっ……！」

しかし、その刺激への悶絶が頂点に達する直前であやみの手は離れた。ジクジクと疼くペニスだけが取り残されて、情けなく隆起している。

「ふふ……もっとしてほしかった？」

「く……」

なにもかも見透かす小悪魔が、アイドルのような美貌で顔をのぞき込んでくる。翻弄された悔しさと恥ずかしさで達郎は目をそらすが、隆起した肉茎だけはどうにもできなかった。

「舞ちゃん、今日、卒業式する？」

「あっ、待って！」

舞子を振り返りながらのあやみの言葉に、ゆりが食い気味に声をかぶせた。

「今日は、私がしたい……お兄さんの、ゆりの中に入れたい」

「ゆりちゃん……」

ふいに達郎の胸が、恥辱ではないもので温度を上げた。

「お兄さんのこと、好きなんだ」

「う……」

「やっぱり恋人同士なんでしょ」

「……お兄さん、どう思う……」

あやみに問われ、ゆりは答えずに達郎に訊《たず》ねた。達郎はぐっと息が詰まったが、ここで沈黙を貫いたり、わからないふりをするのは彼女を傷つける気がした。

(でも、なんて言えば……恋人同士なんて)

人違いの援助交際から始まった関係なのに。

そんなピュアな仲を気取ることは、大きな罪のように思える。

「お兄さん、照れてる」

「えッ」

ゆりの隣の舞子が言う。

「男の人って、大人になっても照れてるときの顔が変わらないんだ。クラスの男子といっしょだ」

「や……やめてくれよ」

ツイっと舞子から視線をそらすが、その先にあるのはゆりの顔だ。

「私たち、恋人同士かな……」

「ううっ……！」

さっきとは違う、今度はむずむずするような恥ずかしさで情けない声がこぼれる。

「素直じゃないんだ、お兄さん。こっちはわかりやすいのにね」

「ああっ」

あやみが再びペニスをいじった。ぱんぱんに張り詰めた亀頭を甘揉みして、やわやわとした快楽で責め立ててくる。

「いいよ、ゆりちゃん。今日のお当番はゆりちゃんね」

「あ……」

あやみは惜しむように、最後までペニスを撫でながらゆっくりと手を離す。

そしてゆっくりと裸の達郎を床に寝かせると、ゆりを招いた。

「いつもお兄さんとするときは、どんな格好？」

「い、いつもなんて……」

「しないんだ」

「す、する」

あやみ相手に強がったゆりの言葉に、達郎の中で甘美ないとおしさと罪悪感が渦を巻いた。

「あの……普通に。私が下になって、お兄さんが上に……」

「ふうん。この間の私みたいに、上にまたがったことはない？」

「……ない」

ゆりが素直になると、あやみはにっこり笑った。

「今日は騎乗位の練習ね。すごくいいんだから。男の人が気持ちよくなってる顔が見えるし、おち×ちんだって、女の子が動いて気持ちいいところに当てられるし」

その発言に煽られて、達郎の下半身がぐっと揺れてしまう。それを見逃すあやみではなかった。

「ほら、お兄さんも期待してる」

「う……」

「ゆりちゃん、もうおま×こ濡れてる？」

「あっ……！」

あやみがふとゆりを抱きしめ、そのまますするりとした動きでスカートの中に手を潜り込ませた。黒セーラーのプリーツスカートをたくし上げ、タイツに包まれた下半身をまさぐっていく。

「ん……ちょっと湿ってる、タイツ越しに蒸れてる感じがする」

「あん……やだ、だめ……あぁっ」

あやみは女の子をいじる手つきも巧みだった。ぴっちりと秘部を覆うタイツとショーツの上から、尖ったところのないなだらかな爪の先で少女の割れ目を愛撫していく。

「んんっ……！」

ゆりが鼻にかかった吐息をこぼし、恥ずかしそうに縮こまる。

「ここが弱いんだ」

「ああっ……いや、だめ、そこは……あぁんっ」

下着のクロッチ部分にたどり着くと、そこを重点的に指で擦り立てた。ちょうどクリトリスが刺激されるのか、ゆりは立っていられずに崩れ落ちそうになる。

「せっかくだし、お兄さんに気持ちよくしてもらおっか」

「ああっ……」

あやみの手が離れたと思うと、慣れた様子でゆりのタイツを下ろした。

あやみのしたがっていることを悟ったゆりは、太腿の途中まで脱がされたタイツを自分で足から抜き取った。

そして恥ずかしがりながらも、白いショーツもゆっくりと脱いでしまう。

「……っ」

「お兄さんの顔の上にまたがって」

「えっ！　顔に……？」

「そう。おま×こ、舐めさせてあげて」

「う、うぅ……」

あやみの指示にゆりは真っ赤になった。同時に達郎は、これからされることを想像してさらに身体を疼かせた。

（ゆりちゃんのオマ×コが……俺の上に）

考えれば考えるほどいけなかった。もはやごまかしようもなく、達郎は少女たちとの性行為に興奮してしまっている。

「い……いくよ、お兄さん」

「んんっ……！」

おずおずとゆりが達郎の肩口をまたいだ。ショーツを脱ぎ捨てた可憐な秘唇が達郎の視界に大写しになる。

まったく崩れのない、ほころびかけの花びらのようにまとまった粘膜。

（ここに俺のを入れたなんて、嘘みたいだ）

数カ月前のことを思い出し、達郎の心身はさらに燃え上がる。

こうして複数の少女たちにもてあそばれながらも、やはり達郎の中では思い出もあり、ゆりの肉体が一番感慨深く、興奮するものだった。

「そのまま乗っちゃって。おま×こで顔を擦ってあげる感じ」

「ああっ……そんなの、恥ずかしいよぉ」

「恥ずかしくても、男の人はそれがうれしいんだよ？　ね、お兄さん」

「う……く、う……」

「ほら、どうなの。ゆりちゃんが迷ってるんだよ。ちゃんと言ってあげて」

あやみに誘導されて告げた達郎の答えに、ゆりがごくりと固唾を呑んだのが伝わってきた。

「う……うれしい」

そして決意を固めたように、下半身を達郎の顔に押しつける。

「んんっ……あぁ……！」

そっと湿った秘唇が、達郎の鼻と口に乗り上げた。ちょうど鼻筋のところに、さっきはあやみにゆるく責められていたクリトリスが当たる。

「あふっ……」

たまらず達郎はすぐに舌を出した。ゆりの縦にまとまった小陰唇を、舌先でかき回すイメージで蠢かせる。

「あんっ、あっ、あぁ……へ、変だよ。ぬるぬるして……あぁぁっ」

舌愛撫のくすぐったさを感じ取り、ゆりが達郎の上でびくびくと跳ねる。

しかし拒絶はなく、むしろもっと刺激を求めるかのように腰を落としてくる。

ねっとりした粘膜で鼻と口をふさがれる苦しさはあったが、そんなものは興奮の前には些細なことだった。達郎はゆりを気持ちよくさせようと、必死に愛撫を繰り返す。

「ああっ、あっ、あふ……本当に……おま×こ、舐められちゃってるぅ」

「んんっ……！」

ゆりの敏感な秘唇は、すぐに湿り気を増していく。

「ああん、ゆりちゃん、いいな」

それを見ていた舞子が、うらやましそうな声をあげた。

「私もおま×こ、舐められてみたい……」

「ふふ、あとでね、舞ちゃん」

「うぅ……あぁっ、んんぅ」

同級生の言葉で羞恥を煽られたのか、ゆりがもじもじと腰を揺する。

そのたびに達郎の鼻や口のまわりは少女の愛液まみれになるが、まったく不快ではなかった。むしろ自分がゆりを感じさせていることが誇らしくもあった。

「そろそろちゃんと濡れたかな？」

見えないはずのゆりの下半身の様子さえ看破して、あやみが声をかけてくる。

「お兄さんのおち×ちん、入れられそう？」

「う……うん」

あやみの言葉で本来の目的を思い出したのか、ゆりがわずかに腰を上げる。

（あ……離れてく……）

ゆりの秘唇が自分の顔から距離を置いてしまうのを切なく感じ、達郎は名残惜《なごり》しい気持ちで彼女の動きを見守った。

「ほら、今度はおち×ちんにまたがって」

あやみの声に従って、ゆりが今度は達郎の腰をまたぐ。

「くはぁっ……」

その瞬間、ペニスの先端に生温かい感触が当たって吐息が漏れる。数カ月ぶりのゆりのヴァギナが、もう目前に迫っていた。

「んんっ……いくよ、お兄さん」

「無理はしないで……ゆっくりでいいから、痛かったら、いつでも中断して」

「ん……く、ふ、うぅっ……！」

ぬちゅりと音がして、ゆりの小陰唇が達郎の亀頭で拡がっていく。まだ一度しか男を受け入れたことのない少女の膣口が、男の怒張によって伸ばされていく。

「あくうぅっ！　ふぁっ、はぁ、入ってくるぅ」

先日味わった、こなれたあやみの肉壁とは違う。数カ月前に自分が処女膜を破った、まだ硬さの残る幼膣の感触だった。

それが今日は少女自ら腰を落として、男の熱杭を受け入れようとしている。ゆりの自重で、狭い肉穴の中にペニスがめり込んでいった。

「あはぁっ……はぁ、お兄さんのおち×ちん……あぁ、大きい、お腹、苦しいっ」

「大丈夫……？　ゆりちゃん……」

「くっ……ん、平気……まだ、慣れてないだけだから……ず、ずっと入れてれば」

二人のたどたどしいやりとりを見て、あやみが背後でふぅんと澄ました顔をした。

「二人とも、本当にぜんぜん慣れてない……ゆりちゃん、ほとんど処女みたい」

「うぅッ……でも、お兄さんとしたことは、あるから」

ゆりはなぜか、負けず嫌いを発揮してあやみに食いついた。

「したって……どれくらい？　何回？」

「やめてくれ、あやみちゃん……そんなこと、ゆりちゃんに聞かないでくれ」

「どうして。言えないくらいたくさんした？」

たまらず助け船を出した達郎は、逆にあやみにからかわれてしまう。

「おち×ぽ入れるだけで、こんなにこわばっちゃって……騎乗位はちょっと難しかったかも……ごめんね、きつい？　私と代わる？」

「……いや！」

あやみの言葉に、ゆりは荒い息を吐きながらもすぐさまかぶりを振った。

「今日は私がする……！」

「そう？」

彼女はもはや、ゆりの気持ちを完全に掌握していた。からかって煽って、達郎とセックスすることに固執させようとしている。

(ゆりちゃんは……俺のことが好き？)

いくら鈍感で、さらには自分の罪から目を背けようとしている達郎でもそう思わずにはいられなかった。ゆりは、自分以外の女の子が達郎と性行為をするのが嫌なのだ。

「お兄さんはどう思う」と自分に訊ねたのは、駅のベンチであやみや舞子を可愛いと感じるかと問うてきたのは、つまりそういうことではないのか。

「あぁっ！　中で……あくぅ、大きくなってるぅ」

「く……ごめん、痛いかな」

「ううん……」

あやみのいじらしい気持ちを感じ取って、達郎のペニスはさらに大きくなった。ゆりは深く息を吐いたが、身体のこわばりは少しずつ減ってきていた。それどころかより腰を落とし、達郎のものを奥に受け入れようとする。

「少し、平気になってきたぁ……中が、どんどん慣れてくんだね」

「うん……女の人は、ちょっとずつ開いていくから」

その言葉にこくんと頷くと、ゆりはつたないながらも腰を使いはじめた。あやみと舞子が見守るなか、達郎のお腹にしっかりと手をついて、少しずつお尻を揺らす。

「はぁ……はぁ、あぁう……」

達郎はあえて動かなかった。ゆりがしたいようにさせようという気持ちもあったし、身体が驚くくらい興奮していて、下手《へた》に自分勝手に動いたらすぐに果ててしまいそうだという恐れもあった。

やがてゆりは少しずつ慣れてきたのか、断続的だった腰の動きがスムーズになりつつあった。

「あぁっ……ちょっと、コツみたいなの……わかったかも」

「コツ……？」

「う、うん……腰を、あんまり深く入れないで……真ん中くらいで、コスコスってお
ま×こに擦るようにすると……気持ちいい」

「く……！」

「あ、あぁっ！」

ゆりの言葉で興奮したペニスが跳ね、ゆりが驚いて身を震わせる。

「抜けちゃうっ……もっと深く入れないと……あぁんっ」

「く……ごめん、ちょっと……腰を掴んでもいいかな」

「うん……お兄さんの好きにして」

そう言われて、達郎は獰猛《どうもう》になりそうな自分を抑えながらゆりの細腰を掴んだ。ま
だ未成熟で折れそうな身体だ。こんな薄い肉体の中に、今猛ったペニスを埋め込んで
いる事実にめまいがした。

「俺が少しずつ動くから……ゆりちゃんは、それに合わせてゆっくり揺れて」

「わかった……あんっ！」

ゆりを押さえつけ、達郎が加減して腰を突き出す。ねっとり湿ってはいるが不慣れな膣肉が、達郎の動きに合わせてペニスにまとわりついたり、ゆっくり奥にめり込んだりする。

「はぁ……あぁん、お兄さんのおち×ちん、久しぶりっ……」

「二人とも、思ったよりピュアなんだね」

愉悦と、ほんのわずかな興奮で頬をピンクに染めたあやみが言う。その隣では舞子が、興味津々な様子で二人の結合部を眺めている。

見られながらゆりとセックスすることへの背徳と羞恥はあるが、それよりもきつい少女の肉穴への没頭と、ゆりを愛しく思う気持ちのほうが大きかった。

「ゆりちゃん……ゆりちゃんっ」

「あぁっ……あっ、あっ、あっ……すごい、なにこれぇ」

ゆりがおさげ髪を揺らしながら、達郎の身体の上で跳ねる。

「自分で動くより、気持ちいいっ……ふぁあぁっ、あっ、あぁっ」

「もう。ゆりちゃんはちょっとMっぽいのかなぁ」

男は従わせるものと思っているらしいあやみは不満そうだったが、ゆりはどんどん性感を高めていく。濡れた粘膜同士が擦れ合い、えもいわれぬ快楽を二人に与えていた。

「舞ちゃんも今度、この気持ちいいおち×ちんで処女卒業しようねー」

「うん……あやみちゃんもゆりちゃんも気持ちよさそうだから……」

その言葉を聞いて、急にゆりの膣穴がぎゅっと締まった。

「くぅ……出る、ゆりちゃんっ」

「あぁっ！　あぁっ、あぁあぁあぁぁっ！」

その突然の刺激に達郎のペニスがぐっと感度を上げ、射精まで駆け抜けた。

一度目よりも粘度の低い精液は、そのせいで勢いは激しかった。ゆりの小さな子宮めがけて、何度も何度も線のようになった白濁が放出される。

「出てるぅ……あぁ、だめ、ゆりも……あぁあぁくぅっ！」

射精を受け止めながら、ゆりの全身が硬直した。小刻みに震えながらぴぃんと突っ張って、それから小さく、しゃっくりでもするようにびくびくと痙攣するのを繰り返す。どうやら彼女も絶頂を迎えたようだった。

「はぁ、はぁあぁ……！」

息を吐いて痙攣するゆりの中で吐精を繰り返していたペニスが、ようやくおさまった。達郎も大きくため息をついたが、それと同時にゆりが達郎の上に倒れ込んできた。

「あふぅ……はぁ、あぁ……なんだか、すごく……ぽうっとして」

「ゆりちゃん、そんなに気持ちよかったの……あっ！」

うっとりするゆりをうらやましそうに見つめる舞子の背後からあやみが近寄って、控えめな乳房を制服の上から揉み上げた。

「ゆりちゃんがおち×ちん独り占め、ずるいよねぇ？」

「あんっ！　あっ、あひ……いやぁ、乳首……」

「舞ちゃんだっておち×ちんで遊びたいよね」

「それは……んんっ！」

あやみと舞子のやりとりを聞いてか、ぐったりしていたゆりの手に力がこめられた。

細い指が、ぎゅっと達郎の肩を握った。

第四章　恥辱の男体潮吹き開発

1

あやみたちに翻弄される日々は、当たり前のように続いていた。
(なんとかしなくちゃって……思うんだけど)
達郎の思考は堂々巡りを繰り返していた。快楽に溺れてしまっている自分がいる。
あやみや舞子との触れ合いの誘惑を断ち切れなくなっている。
同時に頭を悩ませているのは、ゆりとの関係だった。
(この子と……俺は、どうなりたいんだろう)
達郎は、今も隣にいる少女を見た。ゆりはいつもと同じ黒いおさげ髪の先を、今日は落ち着かなげに自分の指でいじっていた。

今日もあやみに呼ばれたのだが、当然のようにゆりが自宅まで迎えにきた。

(後ろめたくても……この子と町を歩くときはシャンとしてないとな)

背徳的な気持ちでオロオロしていたら、怪しい男として職質なんかを受けかねない。

だからひとまず表向きは澄ました大人の顔を作っていたが、頭の中は先日のゆりたちの行為や、そのときゆりが口にしたことでいっぱいだった。

(ゆりちゃんは……俺のことを?)

——……お兄さん、どう思う……。

この間のゆりの問いかけを思い出すと、胸が切なくなってしまう。その気持ちのうぶさに自分の顔が赤くなるのも感じる。

「あ、あのさ。ゆりちゃん……」

どんな言葉をかけるかも決まっていないのに口を開いた達郎は、しかし言葉を続けられなくなってしまう。

「あれえ、向井さん」

駅に向かう道すがら、同業者の男とばったり鉢合わせしてしまった。

(蛭田《ひるた》さん……! まずいぞ)

相手は、以前「男子をいじめる女子のクラブがある」なんて言っていた男だ。達郎の焦ったとおり、彼と隣にいるゆりを交互に見ては目を丸くしている。

「ど、どうも」

「いやいや、どうもどうも。そっちの子は?」

「……っ」

ゆりが身を縮こめたのがわかった。予想外の事態に達郎の頭は真っ白になったが、蛭田は待ってはくれない。

「その制服、西中学校の子じゃないの?」

例のごとく長い前髪をかき上げながら、ゆりをつま先から頭のてっぺんまで興味津々に眺めてくる。

(なんとかしないと、切り抜けないと……)

蛭田の頭の中にはさまざまな疑惑や憶測が浮かんでいるに違いない。

「で、弟子です」

「弟子?」

達郎の言葉に、ゆりと蛭田が同時に疑問の声をあげた。なんでそんな単語が出てきてしまったのかは、達郎にもわからなかった。

「あーっと……あの、ええっと、ライターになりたいって言ってる子なんですよ。それでね、ちょっと……まあ、いろいろ教えてるんですけど」

「……ふむ」

沸騰しそうな頭で、達郎はたどたどしく嘘を紡ぐ。

「ほら、中学生ってバイトできないでしょ。それでね、俺が修業をかねてあれこれ書かせて……べ、ベーシックインカム……をね、上げてる仲なんですけど」

「ベーシックインカム……？」

ゆりが困惑した声をあげた。達郎の頭の中も困っている。ベーシックインカム？

「あはは、このご時世にライターになりたいなんて骨のある女の子でしょ。それにね、けっこう文才もある感じするから。ね？」

「う……う、うん」

ゆりは戸惑いながらも、話を合わせることにしたようだった。

「お兄さんには、いろいろ教わっています」

「ふうん、なるほどねえ」

蛭田は明らかに納得していなかった。しかし、その裏にある複雑なものと、深追いされたくない達郎の気持ちを理解してはくれたようだった。

「向井さん、これは貸しですからねぇ」

「う……」

「大丈夫、お弟子さんについては誰にも言いませんよ」

「そうしてくれると……助かります。まだ中学生なんで……しゅ、修行してるのがバレるといろいろと」

「へへ。でしょうねぇ」

けらけらと笑う。いかにも軽薄そうな口ぶりだったが、ふと達郎は、この男が知人を貶《おとし》める部類の話題はあまり好まないことを思い出した。

とりあえずここで約束しておけば、向井が女子中学生と歩いていたということを節操なく吹聴《ふいちょう》することはないだろう。

（ただまあ……弱みとして握られてる感じはするけどな……）

ひとまずほっとした。

「それじゃ、修業頑張ってくださいね。キミも、ね」

「は……はい」

蛭田は片手を上げて会釈の代わりとして、そのまま駅に向かっていった。

「び……びっくりした」

ゆりはほうっと息を吐き、ダッフルコートに包まれた胸をすうっと撫で下ろした。

「ごめん。仕事の知り合いなんだ」

言いながらも蛭田と同じように駅の中に向かう気にはなれず、あやみとの約束があるというのに、ふたりは来た道を引き返しだす。

「大丈夫。変な人だけど、ああ言った以上は誰にも言わないでくれると思うよ」

「……言ったらどうなるの？」

「え？」

ゆりがぽつりとつぶやくので、達郎は思わず足を止めた。

「お兄さんが女子中学生と付き合ってるって、仕事先の人とかに知られたらどうなっちゃうの？」

「……いや、それは」

（……付き合ってる？）

その言葉にどう返すべきかわからず、黙り込んでしまう。

するとゆりは、わずかにうつむいて白い頬を膨らませた。

「……今日は、あやみちゃんのところに行くのはやめる」

「えっ！　そういうわけには」

「お兄さんのうちに戻るっ」

そう言ってゆりは、達郎のアパートへの道を駆け出してしまう。

放っておくわけにもいかず、達郎は慌ててそのあとを追った。


「本当に汚い部屋なんだけど……」

言いながら達郎は、しぶしぶと玄関ドアを開いた。

中から漂ってくる淀んだ空気と、自分の匂い。いつものことだが、それをゆりに知られるのが妙に恥ずかしかった。

「わあ……男の人の部屋って、こんななんだ」

ゆりは好奇心旺盛といった様子で、ワンルーム……と言えば聞こえがいい、ただせせこましい間取りの部屋の中をのぞき込んだ。

「は、入っちゃって。ときどき人が通るからさ」

「うん……お邪魔します」

靴を脱いで室内に上がり込むゆりを確認してから、そっと扉を閉めた。

「本当にいいの、あやみちゃんからの呼び出しを断っちゃって」

「だってもう、お兄さんの知り合いに見られちゃったもん」

「あ……」

達郎は改めて、自分の思考の矛盾を指摘された気分になった。あやみは証拠もなしに、達郎とゆりの関係を「誰かに言う」とちらつかせているだけだ。

ひとまず社会的な地位の失脚を恐れてそれに従っている……という体裁だったが、それは今日、蛭田との遭遇で崩れたことになる。

(いや、蛭田さんは言いふらしたりはしないだろうけど……でも……)

崩れたのは社会的な体面ではなく、ゆりに対しての言い訳だ。

「あやみちゃんだって、男の人を貸してほしいだけだと思う。本気で私たちを脅すつもりじゃない……はず、たぶん」

それはそうなのだ。あやみを前にすると、その底知れない魔性にひれ伏してしまうが、実際の彼女はそこまで邪悪な存在とは思えない。

なんだかんだ自分は、少女に甘く虐げられるのを楽しんでいて、言いなりになるふりをしていただけじゃないのか……。

そんな内心をゆりに見透かされたようで後ろめたい。

「あの人……私とお兄さんを、どんな関係だって思ったのかな」

ゆりが蛭田のことを口にする。

「弟子っていうの、信じてないよね」

「う……それは、そう……だね」

「……本当に弟子になれば、お兄さんといっしょにいられる？」

その言葉と同時に、ゆりが正面に立って達郎の胸に触れた。古びたジャンパーとシャツ越しに、少女の小さな手が青年の胸板をなぞった。

「……私、小さい頃から大人の男の人はたくさん見てきたよ」

「えっ……あっ！」

ゆりは戸惑う達郎にもう一歩近づき、そっと抱きついた。達郎は驚いたが、その思いつめたような表情と腕を、振りほどく気にはなれなかった。

「お母さんが、変な人とよく付き合ってて……小さい頃は急に、夜にご飯食べに行くよ、とか言って連れ出されて……お店に行くと、お酒でべろべろになったおじさんとかが待ってる」

達郎の胸がぎりりと痛んだ。その言葉だけで、頼る者のないシングルマザーが荒れた生活をし、娘を巻き込んでいた風景が浮かんでくるようだった。

「大人の男の人って、怒鳴って、追いかけ回してきて、でも、一番大事なときにはお母さんとかを捨てるんだって思ってた。だから……」

「ゆりちゃん」

「お兄さんは、ぜんぜん違って驚いた。私の話を聞いて、心配してくれて」

(俺は、君が思うほど優しい人じゃないよ)

そう言いたかった。情欲に流され、もう何度もゆりを汚した。あやみとも交わった。ただの臆病者だ。

(でも……ゆりちゃんがそう思ってくれるなら)

頼れる大人の男だと感じてくれるなら、せめてゆりの前だけではそうありたい。

もう、完全に達郎はゆりに恋をしてしまっていた。守りたいと思って、離れがたく感じている。

「私、お兄さんが好き」

そしてそれは、ゆりのほうも同じだった。

達郎を見つめる顔はまっすぐだが、頬は真っ赤だった。黒い瞳は緊張で潤んで、今にも涙がこぼれそうだ。

(俺も……正直になるべきだ)

少女にだけ思いきらせて、気持ちを告白させたままになんてできない。

「好きだよ。ゆりちゃん。俺も」

緊張が言葉を途切れ途切れにしてしまうが、それでもはっきりと伝える。

そしてゆりの細身を、今度は達郎から抱きしめた。

「お兄さん……うれしい」

(細い……折れそうなくらい)

腕の中の存在のか弱さを思い知って、達郎はブルリと震えた。


「……本当にいいの？　ゆりちゃん」

「うん……恋人同士っぽく、してみたいの」

達郎の部屋の万年床の上で、ゆりは下着姿で身をくねらせた。

その身体はやはり細く、まだ発育途中だということを伝えてくる。

しかし、何度も少女と肌を重ねてしまったうえに、ゆりに恋情を抱いていることをはっきり自覚した達郎にとっては、膨らみかけの肉体は魅力的に映った。

「あっ……あふん」

達郎がブラジャーの上から乳房に手を置くと、ゆりが期待と不安の入り交じった吐息をこぼした。

初めて身体を重ねたときと同じ、白いブラだ。しかしあのときと違っていたのは、大人の女性のつけるものほどかっちりしていない。乳房を支えるワイヤーの入っていない、ジュニアブラというやつだ。

「前と違う下着だね」

「うん……いつもはこれ。お兄さんと初めて会ったときは、大人っぽいのを着けていかなきゃと思って、固いやつにした」

その言葉に、達郎は背徳感をくすぐられてぞくぞくした。まだしっかりした下着を使いはじめる前の少女と、恋仲になってこれから性愛を交えようとしている。

「どっちが好き？」

「えっ！」

その罪悪感と陶酔は、ゆりからの質問で散逸する。

「ちゃんとしたブラと、こっち……」

「え、ええ……と」

ゆりの瞳はじっと達郎を見つめている。まるで彼の中にあるいびつな欲望を試しているようだ。それに乗るべきか、はぐらかすべきなのか。

「こっちのほうが……好き、かな。なんか、ありのままって感じで」

結局達郎は、自分の気持ちに正直になった。

「お兄さんって、ロリコン？」

「あっ……ついに言ったな」

繊細な感情をくゆらせていた達郎に、ゆりが一気に切り込んでくる。

「別にロリコンじゃなかった……はずなんだけど。ゆりちゃんと知り合ってから、目覚めた……ような」

ゆりは、その返答に満足したようだった。緊張していた表情がふっと緩み、口元がうれしさを隠せないように小さく動いた。

（この子は本当に……可愛いな）

ゆりの背中に手を回し、ホックがひとつしかないジュニアブラをひと思いに取り除いてしまう。控えめな膨らみと、その真ん中で蕾のようにしこる乳首があらわになった。

「んんっ……ふぁ、あぁ……」

「乳首、もう硬くなってる」

「お兄さんとエッチするって思ったら……ブラの中で、きゅうってなっちゃって」

そのいじらしい物言いに、達郎の股間にどんどん血液が集まっていく。

その興奮を感じ取ったのか、ゆりはこくんと喉を鳴らした。

「胸だけじゃなくて……お、おま×このほうも……」

そしてさらに、彼を煽るようなことを言ってくる。

「……見てもいいの、おまたも」

「ま、またそれ言うのっ。もうあのときのことは……忘れて」

初めて身体を重ねたときの言葉を思い出してからかってやると、ゆりはいやいやをするように頭を振った。

「見ていいから……あんまり、恥ずかしいこと言わないで」

ゆりのお願いに従って、達郎は無言で頷《うなず》いた。

ブラとお揃いの白いショーツを脱がし、少女の幼いクレヴァスを露出させる。

「あぁっ……やっぱり恥ずかしいっ」

ゆりは三度目のセックスだというのに、処女のように恥じらった。それに胸をきゅんと疼かせながら、達郎はゆりのわずかに湿った陰唇をゆっくりと開いた。

くちゃりと音がして、ピンク色の粘膜が咲きほころんだ。

「やっぱり、ゆりちゃんのオマ×コはきれいだ……」

「んんっ……あやみちゃんよりも？」

唐突にあやみのことを言われてどきりとした。ゆりはやはり、達郎があやみや舞子と性的な触れ合いをしたことを気にしているらしい。

それについては欲望に負けた達郎はいいわけができない。だからせめて誠実になることにした。

「あやみちゃんよりも。ゆりちゃんのオマ×コがいいんだ。ゆりちゃんのだから見たいんだよ」

ゆりはそれを聞くと、ついっと首ごと視線を逸らした。表情を覗き込むと、少女のかんばせはうずうずと、照れと喜びに赤く染まっていた。

(あっ……今、オマ×コがきゅうってなって……)

同時に、指で開いたままの秘唇が震えて縮こまった。そして奥からトロリと牝の蜜が溢れて、手のひらを濡らしてくる。

「あんっ……あはぁ、うくぅ……」

達郎は興奮しながら、ゆりの膣口に指を差し込んだ。ねちっと湿り、密度があるものの開ききっていない少女の粘膜は、指一本でも窮屈だった。

(ここに二回も、俺のチ×ポが入ったんだ……)

改めて意識して震えながら、ゆりの中を指で探っていく。

「はぁ、はぁぁ……お兄さんの指……」

ゆりは言いながら腰をもじもじさせた。明らかに性感を得ている様子だった。

「指、気持ちいい？」

「んっ……」

わずかに意地悪な気持ちで訊ねてみれば、素直に頷く。そのけなげさに、ちょっとした嗜虐心を疼かせた己《おのれ》が恥ずかしくなったりしながら、達郎はゆっくりと指の出し入れを続けた。

「あふ……あはぁ、はぁん、んんっ……上のところ、気持ちいい……」

「ここ？」

「んんっ……！」

指の腹で膣穴の天井を探っていると、ゆりがびくりと反応した。柔らかな突起が密生したような感覚の、Gスポットと呼ばれる部分だ。

「すごいな。中学生の子でも、ここが気持ちいいんだ」

「そ、そこ……なんなのぉ」

「女の人の、中で感じるところ。ゆりちゃんくらい小さい子でも、ちゃんとよくなれるんだね」

指の出し入れをやめないまま言うと、ゆりはブルリと震えた。膣穴が痙攣して男の指を締めつける。もう一人前に、女としての感じ方を身につけていた。

「小さい子じゃ……ないもん」

そしてちょっと意地っ張りな口調で言って、自分から大きく脚を開く。

「子供じゃない……から、もう、お兄さんのを入れても大丈夫……あんっ」

その言葉に達郎が指を引き抜くと、名残惜《なごり》しそうな鼻息がこぼれた。

もう少し少女の膣を指で探りたい気持ちはあったが、達郎の我慢も限界だった。

股間が痛いほどに自己主張して、早くこの肉穴の中に入りたいと言っている。

「いくよ……いいね」

「う、うん……」

服を脱いでペニスを膣口にあてがうと、ゆりは固唾《かたず》を呑みながら頷いた。達郎もそれを見て頷く。ずぢゅりと音をさせながら、張りつめた亀頭をゆりの幼膣の中に埋め込んでいった。

「あぁ……あぁ、あぁ……！」

ゆりがお腹の奥から溢れたような声をあげ、下半身に集まってしまうこわばりを必死に散逸《さんいつ》させようとしているのがわかった。

「く、まだ痛い？」

「うぅん、痛くは……ない、でも、変な感じで……んんッ」

痛くはない。その言葉に達郎はさらに腰を進める。

潤ってはいるものの、狭い二枚の粘膜を引き剥がしていくようなきつさ。改めてこれは少女の膣穴なのだと実感する。

やがてペニスの先がコツンと行き止まりに当たった感触で、この娘の身体の一番奥に到達したことを思い知る。

「あ、当たってる……お腹の奥に、お兄さんのおち×ちんが当たってる」

「んん……もうちょっと慣れれば、奥も気持ちいいかも」

「そう……なの、この……一番奥でも、気持ちよくなれるの？」

ゆりは圧迫感にはぁはぁと喘ぎながらも、達郎の顔を見つめた。その顔には快楽に疼く女性の色っぽさと、少女のあどけなさが同棲している。

（この子を、俺の手でいやらしくしてくんだ。これから……）

征服欲を疼かせながら、達郎はゆっくりとピストンを繰り出した。

「あんッ、ねちっ、んんっ、ぬぢゅっ……んんんぅ……！」

ねちっ、ねちっ、ぬぢゅっ……ゆりの膣穴は確かに少女のものなのに、似つかわし

167

くないほどねっとりした汁音が鳴り響く。まだ挿入して少ししか経っていないのに、女子中学生は達郎のために膣穴をたっぷり潤していた。

「すごい濡れてる、ゆりちゃんのオマ×コ……気持ちいい」

「んくぅっ……お兄さん、気持ちいいの？」

「ああ、すごくいい」

息を切らせながら告げると、その瞬間ゆりの膣穴がぎゅうっと、肉竿を絞るように締まり上がった。思わずうあっと声をあげた達郎を、ゆりは目を細めながらもうっとりと見つめた。

「ゆりのおま×こ、気持ちいいんだ……」

「う、うく……最高だよ。ゆりちゃん」

達郎が正直に気持ちを伝えるたび、ゆりの肉壁はときめくようにキュンッと締まった。

その動きに彼女のけなげさや、自分に向けられた想いを再実感した。達郎の中は獣欲で満ちて突き動かされるように、猛然と腰を振りたてた。

「あふぅっ、あっ、あっ、あぁあぁっ」

ゆりはその、突如乱暴になった動きも拒絶しない。それどころかヴァギナはじょじょに充血して開き、乱暴なピストンをしっかりと受け止めていた。

「あふっ、あっ、さ、さっきのところ……指で擦ってたところ、おち×ちんでされると……んんっ、もっとすごい」

Gスポットを亀頭の先で押すようにしてやると、ゆりはうっとりとした声をあげた。達郎はそれを見てさらに燃え上がり、ますます激しく肉茎を出し入れする。

「あんっ、あんっ、あひぃっ」

もう最初のように、おびえる処女の膣穴を達郎が一方的に貫通しているのではない。二度目のように、ゆりがおずおずと優位に立っているのでもない。二人は完全に息を合わせて、身体と粘膜を重ね合わせていた。

「あぁっ、あーっ、おち×ちん気持ちいいっ……お兄さん、お兄さんっ」

「くう、ゆりちゃん……」

激しい律動を受け入れながら、牝蜜と嬌声を溢れさせ、ゆりは昇りつめていく。達郎の腰の奥からも熱いものがこみ上げていた。

「出すよ、ゆりちゃんの中に」

「はぁんっ、きて、お兄さん、お兄さん、中に……中にぃっ」

ゆりの言葉に頷きながら、達郎はラストスパートで勢いよく腰を突き立てる。

「ああ、出るッ」

「あぁあぁあぁっ……あぁあぁっ、あぁあぁあぁあぁーっ……」

音を立てそうなほど激しい射精が、ゆりの膣内で巻き起こる。

「くっ……し、締まる……うぅッ」

射精した瞬間、ゆりの膣穴がまたきつくこじれた。達郎の種を、一滴残さず絞り取ろうとするかのようだった。

「あぁーっ……あっ、あぁ、あふぅ……ふぁ、あぁ……お兄さんの、熱くて……あぁ、おなかの中、いっぱい……」

「うくぅ、く……ゆりちゃん」

達郎は思わず、布団の上のゆりを強く抱きしめた。するとまた粘膜が強く蠢《うごめ》く。注がれた精と、差し込まれた熱を逃さないと告げている。

「お兄さん……お兄さん、お兄さん……」

ゆりは快楽の陶酔でうっすら涙を滲ませながら、達郎の背中を抱きしめ返した。

2

達郎がゆりと身体と共に心を通じ合わせてから数日後、土曜日の朝のことだった。

自室の布団の上でぼんやりと目を覚ました達郎は、スマホのメッセージアプリに通知が来ていることに気がついた。

(ゆりちゃんかな……)

先日、この部屋での行為のあと、ゆりと約束したことがあった。

それは、もうあやみの誘いには乗らないということ。

もうひとつは、近いうちに福祉窓口への相談の手立てを整えることだ。

あやみたちとのことは、ゆりと達郎の気持ちが固まった以上従う必要はない。達郎はただ、少女にもてあそばれることへのいいわけをしていただけだ。ゆりという愛しい存在ができたなら、彼女に対して誠実でありたい。

福祉への相談は、ろくに家にいないらしい母親のことに考えれば難航するだろう。少女がひとりであちこちの窓口を回っても、きっと門前払いだ。

だから達郎が親戚として付き添って、事情を話すことに決めていた。

本当なら、今すぐあの少女を身請けして、自分のものとしてしまいたかった。しかしどう考えても、義務教育を受けている最中の女の子を、己のそばに置いておく手段が思い浮かばなかった。

（これから忙しくなるだろうな）

そう思いながらメッセージアプリを開いた達郎は、思わずあっと声をあげた。

メッセージの主はゆりではなく、あやみだった。

これまでは呼び出しに使われていたトーク履歴の最新のところに、一枚の写真が添付されている。

「嘘だろ……」

それは、達郎とゆりが並んでホテルへ入ろうとする姿だった。おそらく一番最初、ゆりと出会ったときのもの。

『もう、呼び出されたのを無視しちゃダメだよ。今日のお昼すぎ、いつものところに来てほしいな。ゆりちゃんには内緒だよ』

写真にはそんなメッセージが添えられていた。

達郎の全身が不安でざわざわした。

（ゆりちゃん……！）

ゆりの可憐な、愛しい姿が脳裏に浮かぶ。

狡猾《こうかつ》な嗜虐少女は、今の今まで手の内をあかさずにこれを隠していた。きっと達郎やゆりが言うことを聞かなくなったときの切り札として。

今までは子供のお遊びレベルだった約束事が、本物の脅迫として突きつけられているのだ。

『わかった。この写真はどこにも出さないでくれ』

わずかに震える指を抑えて、達郎はそう返信した。レスポンスは早くて、短かった。

『待ってるからね』


「まさか、あんな写真を撮ってるなんて」

いつものところ——廃ビルの喫茶店に向かった達郎は、挨拶もそこそこにそう口にしてしまった。休みの日だというのに制服姿のあやみと舞子は、余裕の表情で憔悴《しょうすい》した達郎を受け入れた。

「お兄さんもゆりちゃんも素直だから、今まで必要なかったんだけど」

あやみは初めて出会ったときのように、堂々とした足取りで達郎に近づいた。黒いセーラー服とつややかな髪が、彼女の魔性を引き立てている。

「もう、ダメでしょ、お兄さん。どうして私のいうことを聞かないの？」

至近距離で背伸びをしながら、達郎の耳元で囁く。甘い香りがした。

「お兄さんだって、本当は私たちといいことしたいでしょ。どうして自分の気持ちに素直にならないのかなぁ」

「いや……俺は、本当は……き、君の目的はなんなんだ」

狼狽《ろうばい》する達郎に、あやみはくすくすと笑った。

「男の人で遊ぶことだよ。最初からなにも変わってない」

そして平然と、女王様のような顔でそう言ってのける。

「それに、お兄さんのこと気に入っちゃったから」

「……ゆりちゃんのことはどう思ってるんだ。幼馴染みなんだろ？」

「うーん」

あやみは背伸びをやめて達郎から離れると、わざとらしく頬に手を当てた。

その行動ひとつひとつが、小悪魔の魅力に満ちあふれていた。

「ゆりちゃんはかわいそうだけど……でも、だからこそいじめたくなっちゃう」

「いじめるって、ゆりちゃんを……」

「うん。ゆりちゃんって、かわいそうなときの顔がすごく可愛いよね」

その瞬間、あやみの整った唇の端から舌が覗いた。少女にふさわしくない色気をまとって、舌先は唇の列をぺろりとひと舐めし、そしてゆっくりしまわれる。強者が弱った獲物をいたぶるときの顔つきだった。

「お兄さん、ゆりちゃんのこと好きなんだよね。わかるよ……でも、そんなお兄さんが私に負けちゃうのが見たいの」

——とんだ悪魔だ。

達郎は今さらながら、自分を陥《おとしい》れようとしている目の前の娘の悪女ぶりに圧倒されていた。性行為に慣れているとか、大人を翻弄するのが好きだとか、そういうことは以前からわかっていた。

しかしその嗜虐心が友人の心を踏みにじるまで及ぶ、根っからのサディストだとは思わなかった。

(心のどこかでまだ……年相応の女の子だって考えてたんだ)

それは達郎の先入観でしかなかった。

「ほうら、お兄さん。早くいつものソファに座って？　今日は私が、すっごく気持ちよくて、すっごく恥ずかしいことをしてあげる」

抵抗らしい抵抗もできず、達郎は言われるがままになってしまう。

「もちろん、最初に服を全部脱いで裸になってね」

あやみはそう言いながら、ソファの近くで動向を見守っていた舞子の元へ歩いた。

「いいのかなぁ、こんなこと……」

「いいの。可愛い男の人は、女の子みんなでシェアするのが正解なんだから」

戸惑い気味の舞子に堂々と宣言し、達郎が一枚ずつ服を脱いでいくのを楽しんでいる。

「ほら、見て。お兄さんだって乗り気なんだよ」

「あっ、ほんとだ。おち×ちん……大きくなってる」

（く……）

少女たちに指摘されて屈辱を覚える。パンツを脱いだとたん、勝手に膨れた股間が勢いよくせり出した。

（こんな状況だってのに、俺は……期待しちまってるのか）

再び達郎の脳裏に、ゆりの姿が思い浮かんだ。ゆりがこのことを知ったら悲しむだろう。だがあやみはそれもわかりきっていて、挙げ句に楽しむつもりで達郎をいたぶっているのだ。

「私たちはいじめたくって、お兄さんはいじめられたい。変なこと、ないよね？」

舞子はあやみの言葉にこくんと頷いた。自分だけ全裸になった達郎は、うつむきながらそんな二人の前に立った。

「ほら、座って」

促《うなが》されてソファに腰かけると、上からあやみが覆いかぶさってきた。

栗色のセミロングヘアが達郎の顔や首に垂れ、ふわりといい香りをさせて頭の中を麻痺させていく。

「あ、あやみちゃん……ううッ」

同時にあやみが膝でペニスを押したのでうめいてしまう。勃起しきった熱杭を、少女のつるりとした膝がぐりぐりとなぶってくる。

「今日は、本当に恥ずかしいことをしてあげる」

天使のような声で囁《ささや》いて、あやみは膝をどけた。するすると達郎の隣に移動すると、手を伸ばして肉茎をキュッと握る。

「うあっ、くぅっ」

細い指が、巧みにペニスを這い回る感覚に声が出てしまう。

「もっと声を出していいんだよ」

隣のあやみは、妖艶な声で囁きつづける。

「男の人の情けない声は、女の子にとってご褒美なんだから」

「ご褒美……あぁっ」

「そう。この人をこんなにいじめてあげた、気持ちよくして搾り取れた……そんなふうに思えるもん。ねぇ、お兄さん……」

その言葉に心をかどわかされてのことか、上手《うま》すぎる手での愛撫がそうさせるのか。

達郎は気がつけば、短い喘ぎ声を繰り返し口にしていた。

あやみが笑い、いつの間にかあやみの反対側に座り込んだ舞子はそんな様子をしげしげと見ている。

「ほぉら、お汁が出てきた。くちゅくちゅ〜って」

「ああ！」

鈴口から溢れた先走り汁をすくい取り、手指の動きが加速する。男の滲出液《しんしゅつえき》で湿らせた指が、充血した亀頭をぐりぐりとこね回した。

「舞子ちゃんもしよっか。お兄さんの根元のところ、しっかり握っててあげて」

「うん、ここだね……」

あやみに促され、舞子はペニスの幹を優しく握った。

「それから、もう片方の手で、もっと下のところをくすぐってあげて」

「下……って、ここ？　袋になってるところ」

「そう」

「ま、待って……うあぁ……」

舞子がつるりとした爪の先で達郎の陰嚢を刺激しだす。それ自体は強い快感ではないが、亀頭や幹を責める手と一体になると凄絶《せいぜつ》だった。

強い快楽を無理やりごまかす、もじもじするような感触が与えられる。少女二人の手つきは、もはや軽い拷問だった。

「やめて……うう、おかしくなる」

「ふふっ、聞いた？　やめて～って」

「お兄さん、弱い……くすぐってるだけなのに」

少女たちはくすくす笑いながら、青年の股間を執拗に責めていく。

あっという間に追いつめられ、熱いものがペニスの内側からこみ上げてくる。

「うあっ、ああっ、ああ……！」

そしてひときわ大きなうめき声をあげる頃にはもういけなかった。どろりとした白濁が鈴口からぶちまけられ、あやみと舞子の手のひらを汚す。

「わあ、出た出た。今日もたくさん」

舞子が嬉しそうに言い、生意気にも余韻を増幅させるように、幹を握った手をさらに上下させる。

「そう、舞子ちゃん、そのままね」

「あっ！　や、やめ……」

肉竿を握る舞子だけでなく、先端を責めていたあやみも手を止めない。達郎が射精しきったことを知りながらも、執拗に手のひらで亀頭を撫で回す。

「ひ、ひ……やめてくれっ」

ぐちゅ、ぐちゅ、ぐちゅ……と、己の白濁が潤滑液としてペニスに塗り広げられる感覚に、達郎は腰を大きくビクつかせた。

しかしその程度で嗜虐少女たちの手が止まるわけもなく、あやみはがっちりと達郎の上に乗り上げて、暴れ馬を押さえつけるようにしながら肉茎をいじりつづけた。

（お、おかしいぞ……なんだこれ……）

射精したいという欲望は完全に引いて、敏感になったペニスだけが残されている。それを刺激されつづけると、性感だけが無限に増幅していくような気分だった。

「う、くぁ、うあ、あぁ」

「ほぉら、きたきた……もうすぐだよ」

「えっ、なにが起こるの？　ねぇ、ねぇ……」

「やめ、やめろ、やめてぇ――」

達郎が情けなく叫んだのが、限界の合図だった。さっきは白濁を放出した彼の鈴口から、今度は透明な液体が水鉄砲のように勢いよく迸《ほとばし》った。

「きゃあっ。なにこれっ」

「ふふふ……」

呆然としながら達郎は、ぢくぢくと己を責める痛痒になっている快感から逃れようと腰をひねりつづける。だがあやみから逃れることはできず、ただ股間からは失禁とも思えないものが流れ出している。

「男の人の潮吹き、だーいすき」

「しお……これ、おしっこじゃないの？」

「いっしょだけど、出かたが違うの」

「へ、へぇ……まだ出るかな。もっと擦ってあげたら……」

「や、やめろ！」

もはやプライドなどなく必死で叫んだが、あやみと舞子の手は止まらなかった。情けなく快楽失禁するペニスを、さらにしごき立ててくる。

（おかしくされる……こんな小さい女の子に）

　こんなふうに肉茎から潮を吹くのは初めてのことだった。それがこんなに、苦痛じみた快感を持っているというのも当然知らなかった。

「あ……ふあ、う、く……」

　やがて液体の放出を終えて、萎えたペニスがくたりと達郎の内股に触れた。

「すごぉい、男の人って、気持ちよすぎるとおもらししちゃうんだね」

　舞子はその小さくなったペニスを、さらにつんつんとつつく。あやみに触発されて、もう完全に男性器を己の玩具だと思っているようだった。

「はぁっ……あ……」

　達郎の口からは、続けて情けない声が漏れる。奇妙だった。射精も排泄も終えて肉竿は縮んでいるのに、真ん中の穴と尿道だけがぽっかり開いて、拡張されたかのような感覚がある。

「小さいおち×ちんって、おもちゃみたいで可愛いよね」

「うん。あんなに大きくなって、ビクビクするのが嘘みたい」

　少女二人はそう言って、ぐったりする達郎を挟んで笑っていた。

（こんな女の子たちに、いいようにされて……）

心の中に屈辱が沸き起こるが、しかしどうすることもできない。

「子供おち×ちん、ずっといじって遊んでるのもいいけど……今日は舞ちゃんの処女卒業式をするって決めてたもんね」

「な……！」

あやみの言葉に、達郎の全身に一気に力が入る。しかし彼女は動じない。

「もう一回大きくしてもらわないと。ね、お兄さん」

「だ、ダメだ。頼むよ、もうこれ以上は」

「だーめっ」

あやみは己の指を美しい瞳の下に置いてわずかに皮膚を下に伸ばし、同時にべぇと舌を突き出した。安い挑発だというのに、この娘がすると絶望を叩きつけられたような気分になった。

(逆らえない……)

もちろん、物的証拠をネタに脅迫されているというのもある。しかしそれ以上に、このあやみという少女を前にすると、達郎はあっけなく屈服させられてしまう。

この少女が生まれながらにして持つ、美しさから来る女王の覇気としか思えなかった。今までもこうして、ありとあらゆるものを好きにしてきたのだろう。

（ゆりちゃん……許してくれ）

頭に浮かぶのは、もちろんゆりのことだった。当然あやみだって想像しているだろう、あの可憐な女の子だ。

「お兄さん、そこに四つん這いになって。私と舞ちゃんにお尻を突き出すの」

あやみの命令は絶対だ。達郎は悔しさで小さく上下の歯を鳴らしながらも、結局従ってしまう。

埃《ほこり》をかぶった床に膝をつき、あやみの言うとおりに裸の尻を突き出した。

「いい子、いい子……舞ちゃんは、正面からお兄さんの顔を見てあげて。これからすごく可愛い顔をするんだから」

舞子は無垢な表情でこっくり頷いて、手と膝をついて這う達郎の顔が見える位置にやってくるとしゃがみ込んだ。制服のプリーツスカートから、純白の下着が覗いた。

「見ててね。んっ……」

「う……！」

突然やってきた衝撃に、達郎は思わず身体をこわばらせた。なにかぬるりとしたものが、突然達郎の尻穴に浅く差し込まれた。

それが唾液を塗りつけたあやみの指だと、一拍子遅れて気がついたときには、もう

第一関節くらいまでは入ってしまっていた。固く閉じた肛門をこじ開け、可憐な指先がアヌスをくすぐるように内側で蠢いた。

「や、やめ……そこは……！」

「お兄さん、ここをいじられるのは初めてなんだ」

「ううッ」

あやみの言葉に、衝動的に黙り込んだ。どんどん弱点を、知られたくないことをさらけ出してしまう。

「ほら、力を抜いて。奥まで入らないよ？　お兄さんのおち×ちんが元気になるスイッチ、押してあげられないでしょ」

「スイッチって……う、うああっ」

達郎が振り返ろうとすると、あやみの指が鉤《かぎ》のように曲げられた。

圧迫感で身悶えする達郎に、くすくすと笑う声と指の振動が響いてくる。目の前にいる舞子の顔は、羞恥のあまりに見上げることができなかった。

当の舞子は、あやみがしようとしていることをそわそわと見守っているようだ。

「入らなくても、入れちゃうけどね。ほぉら、ぐりぐり〜って」

「うああっ、やめて……い、入れないで」

「だーめ。ほら、もうちょっとで到着だよ——」

あやみの言葉と同時に、達郎の喉から押し出されるような声がこぼれた。

細い指がさらに深く侵入したかと思うと、直腸の中の壁の一部をぐりっと押したのだ。その衝撃に、全身が緊張とはまた違う震え方をした。

「……ふふっ、見つけた」

背後の嗜虐少女が言っていたことを理解する。あやみの指は今、直腸越しに達郎の前立腺に触れていた。

「見ててね、舞ちゃん……つん、つん、つん……って」

「あっ、あっ、あぁっ！」

あやみの指が熱い腸の向こうで疼く器官を突くのに合わせて、達郎は情けなく悲鳴と喘ぎ声の混じったものをあげさせられた。

「すごい……あやみちゃん、なにしてるの？」

「お尻の穴の中の、男の人が元気になるところを押してるの」

あやみの指は、しばらく前立腺を激しく突いて遊んだかと思うと、今度は甘く撫でるような動きに変化する。恥も外聞もなく、達郎は腰を揺さぶってその刺激を体外に逃そうと必死になった。

ペニスに触れられるような鮮烈な快感とは違う。じんわりとした気持ちよさがこみ上げてくる場所を、生まれて初めて探り当てられている。

「お兄さんって、乳首もおち×ちんも弱いし、お尻の穴も……ふふっ」

「く……」

「大丈夫、そんな弱い男の人が……私は大好きなんだよ」

言いながらあやみは、もう片方の手で達郎の肉棒を握った。縮み上がっていたはずのそこは、アヌスと前立腺への刺激でまた硬さを取り戻していた。

「ね？　元気になったでしょ」

「うん……お兄さん、すごく恥ずかしそうだし……かわいい」

「おち×ちんもいっしょにしてあげるね。もっと大きくなぁれ……」

「ああッ、や、やめて……！」

肛門から指を抜かないまま、少女の手指が摑んだペニスを上下に振った。まるで残《ざん》滓《し》を吐かせるような仕草だったが、その動きで達郎は先走り汁を床にまき散らした。

「んふ、これだけ硬いなら……舞ちゃんのおま×こに入れられそう」

その言葉に達郎は、愚直にもペニスが己の腹を叩くのを感じ取る。

「いいよね、お兄さん」

もはや嫌だとは言わせない雰囲気を作り出して、あやみが居丈高《いたけだか》に言い放った。

3

「舞ちゃんのおま×こ、どうなってるかな」

「あふっ……あん、あやみちゃん……」

情けなくも全裸で仰向けにさせられた達郎の前で、二人の美しい少女が絡み合っていた。

「もう、ちょっと濡れちゃってるね。お兄さんいじめるの、とっても楽しかったもんねぇ」

舞子の黒いプリーツスカートに手を入れたあやみが、妖しく指を蠢かせながら言う。

達郎はいけないと思いながらも、その様子に釘づけになってしまう。

「んはぁ……はぁ、あん……あやみちゃん……」

舞子は幼さの残る身体をくねらせた。妖艶なあやみや、可憐で美しいゆりとは違い、舞子はダイレクトに子供っぽい。

今まではあやみやゆりといっしょに肉体を責めてくるばかりで強く意識できなかっ

たが、三人の中では、この娘が一番ロリータだと言えた。

「あふ……だって、ゆりちゃんやあやみちゃんがしてたこと、私もするんだって思ったら……うずうずしてきちゃって」

そんな子が、これから自分とセックスすると言っている。達郎は固唾を呑んだ。同時にやっぱりやめようだとか、こんなのはおかしいだとか、今さらすぎる抵抗の言葉が口から出かかっては結局引っ込む。

もうあやみの言いなりになるよりないのだ。

「舞ちゃん、タイツ脱ごっか。お兄さんに見せつけるみたいにして」

「うぅ……ん」

舞子はわずかに恥ずかしがったが、あやみに従った。スカートを脱がないまま腰に手を当て、黒いタイツをゆっくりと脚から引き抜いていく。

あどけなさの強く残る少女の、つたないストリップショーだ。しかも舞子はこちらを、初体験の相手としてたっぷり意識している。

「っふぅ、変な感じ……お兄さんの目が、刺さるみたいで」

「刺さってるよ……お兄さん、じっと見てるもの」

二人の言葉に羞恥心を覚えるが、達郎は己の目の卑しさを抑えることができない。

やがて舞子がつま先まで裸になり、その下のショーツを脱ぎ去ってしまうと、あやみにいじられたというだけではいいわけのできないほどにペニスが硬くなった。

「あ、舞ちゃん。それ……お兄さんに見せてあげて」

「パンツを……？」

「そう。手にあやとりみたいに持って、おまたについてたところを顔の前に」

「ええっ！　恥ずかしいよ」

「でも、お兄さんはそういうのが大好きなんだよ」

（くっ……）

好き放題言われて、変態呼ばわりだ。

屈辱が胸の奥でざわめくが、しかしだからとって抵抗はできない。

「……わかった。お兄さん、舞子のパンツ見ていいよ……」

「あ……」

言って、舞子はショーツの脚を通す穴に手のひらを通した。

股ぐらに当たるクロッチの部分を強調するように、仰向けの達郎の顔に押しつけてくる。

「うぁ……！」

そこから漂う少女の香りと、クロッチについた薄いレモン色の縦ジミに思わず声が出てしまう。

(これが……さっきまで、舞子ちゃんのオマ×コを覆ってたんだ)

そう考えるともういけない。達郎の股間はさらに熱くなり、虚空《こくう》に突き出ておねだりをする。

「ほら、見た? おち×ちんすっごく大きくなった」

「う、うん……本当に好きなんだ……汚れたパンツ」

悔しさよりも興奮が勝ってしまう。鼻孔に入り込んでくるわずかに酸っぱい匂いが、これからの行為への期待を強めてくる。

あやみは興奮する達郎の様子をひとしきり見てにこにこ笑ったあとに、そっと舞子の手からショーツを受け取った。

「舞ちゃん、お兄さんの顔の上に乗ってあげて」

「このあいだ、ゆりちゃんがしてたみたいに?」

「そう。舞ちゃんのおま×こ、舐めていっぱい濡らしてもらお」

かと思うと、下着をつけていない状態の舞子にそんな命令をする。

舞子は従い、ゆっくりと達郎の顔をまたいだ。

（け……毛が生えてない……！）

眼前に迫った舞子の秘唇のあまりのピュアさに達郎は驚いた。

わずかながらも女の部分を覆うもののあったゆりやあやみと違い、舞子のそこは完全につるつるだった。

血の透ける柔らかなスジが丸出しで、まぎれもなくロリータのそれだった。

その秘唇がほんのわずかに開き、ぬるぬるとした愛液を垂らして鼻と口に近づいてくる。

もう達郎は、抵抗などせずにそれを受け入れた。

「んふっ……！」

くちゅりと音がして、達郎の鼻筋と舞子の秘唇が触れあった。

「これから初体験するおま×こ、お兄さんが責任持って舐めてあげるんだよ」

「く……うく、く……」

あやみの命令にも逆らわない。ゆっくり口を開いて舌を伸ばし、舞子のクレヴァスをそっと舐め上げた。

「あんっ……あふ、あぁっ」

下着から香ったものと同じ、酸っぱくて甘ったるい少女の匂いが、今度は味と感触を伴《ともな》って達郎に襲いかかる。

またペニスがカアッと熱くなるのを感じる。それを見逃すあやみではなかった。

「ふふ、舞ちゃんのおま×こに入れるまで、こうしておいてあげるからね」

「んんっ！」

急にペニスをなにかで覆われ、達郎はうめき声をあげた。混乱しそうになりながら必死で五感を働かせると、どうやらさっき舞子から受け取ったショーツを、あやみが肉茎に巻きつけているらしい。

「あふっ……あん、あやみちゃん……パンツ、穿けなくなっちゃう」

「ごめんね？　帰るときは私のを貸してあげる」

「うぅ……んっ、んっ……あぁっ、お兄さんっ」

股間を襲う快感から逃れるために達郎が唇を動かすと、それが舞子の性感を刺激したようだった。湿り気のある重さが顔の上で揺れる。

近すぎて視界はほとんどふさがれているが、舌の感覚で必死に舞子の秘唇の様子を探り当てていく。

「んあぁんっ！」

（これが……クリトリスか？　こんなに小さい……！）

縦スジの上でころんと膨れた肉粒を転がした途端に漏れた嬌声に、それが女の弱点だと悟る。

だがそれは達郎が今まで肌を重ねたどの女性のそれよりも小ぶりで、未成熟だった。

「あふ、あふっ……あぁぁふぅっ」

包皮が分厚く、しっかりとクリトリスを覆い隠している。これを無理やり剝いだなら、きっと快感よりも痛覚が大きいだろう。

(こんな子供のオマ×コを舐めることになるなんて……)

そう思いながらも、身も心も高揚していくのは止められなかった。

自分の顔の上で快楽に腰をくねらせる舞子に興奮し、舌の動きを強めていく。

「あう、あふっ、そこ……へんっ」

クリトリスは包皮の上からやわやわと撫でるようにして、ときどき膣口にちゅぷりと舌先を突き込んで愛液をかき出す。

「あぁ……男の人に舐められるのって……オナニーと全然違うんだ」

「……っ」

その言葉に、あやみに握られた達郎のペニスがずきりと疼いた。

(こんな子供でも……オナニーはしてるんだ)

少女のプライベートを聞かされて、あどけない存在とのセックスの喜びを刻まれてしまった達郎は興奮するばかりだ。

「ふふっ、お兄さんのおち×ちんの先っぽ、舞ちゃんのおま×こが当たるところにくっつけてあげちゃう」

「ああっ……！」

あやみがショーツのクロッチを、先走り汁で濡れる亀頭に貼りつける。そのままぐしょ濡れになった布地を左右に引っ張って、達郎の鈴口をきめ細かな木綿の感触でくすぐっていく。

「や、やめ……むぐぅっ」

「お兄さん、もっとしてっ。やめないで、もっと舐めてっ」

抵抗しようとすると、舞子が秘唇を強く達郎の口に押しつけた。一瞬呼吸さえも奪われ、なす術《すべ》もなくもがく彼を、あやみはくすくすと笑っている。

「あっ、あっ、あっ……きそう……かも、ビリッてしたのが……い、イけそう……」

「お兄さん、おま×こ舐めるの上手《じょうず》なんだね。ゆりちゃんも気持ちよさそうにしてたもんねぇ」

ゆりの名前を出され、達郎の身体が快楽ではないものでびくりと跳ねたが、二人は止まらない。舞子は自分から腰を振って、達郎の唇や鼻筋にクリトリスを擦りつけてくる。

（く……窒息しそうだ）

濡れそぼつクレヴァスが鼻と口をふさぐ。しかし夢中になった少女は、そんなことには頓着《とんちゃく》しない。

あやみの責めも続いていた。亀頭をねっとり濡れた布地で撫でつける責めは、またさっきの潮吹きを想起させる拷問じみた気配があった。

しかしそこは、巧みな女王様のあやみだ。加減をして、達郎が射精してしまわないくらいの強さの刺激を保ちつづけていた。

「イク……イクぅ、あっ、あっ、イクぅっ……！」

やがて舞子の細い両太腿が、達郎の頭をぎゅっと締めつけた。同時に未成熟な秘唇が震え、小さく開いた膣口から愛液が噴き出した。

「むっ……ぐぅ、うぅっ……！」

口を濡れた粘膜でぴったり塞がれた達郎は、逃げ場もなくその蜜のしたたりを顔で受け止めた。鼻や唇どころか、まぶたや前髪まで濡れた。

「はぁっ、はぁ……あぁ……」

「むぅっ……」

舞子はそのままぺたんと、脱力して座り込んだ。

ロリータとはいえ人間一人分の体重が顔にかけられ、いよいよ達郎は窒息しそうになった。

「ふふっ、お兄さん死んじゃうよ」

「あ……ん、ごめんね」

あやみに言われてようやく苦しむ達郎に気がついたのか、舞子はがくがくと可愛らしく震えながら尻を上げた。

「舞ちゃん、女王様の素質があるかも」

あやみの声はうきうきとしていた。自分と同じ可能性を秘めるクラスメイトの存在がうれしいのだろう。

残念ながらゆりには、あやみの期待したものはなかった。

だから今、達郎はこうして辱《はずかし》められている。

「それじゃあ、準備オーケー?」

「うん……おち×ちん、入れたい……」

「じゃあ、舞ちゃん、そこに四つん這いになって。お膝痛いから、タオル敷こっか」

あやみが鞄からタオルを取り出して、舞子の膝の下に忍ばせた。

「ほらお兄さん、見て。舞子ちゃんのおま×こだよ。こんなに開いちゃってる」

「あん、恥ずかしい」

言われたとおりに四つん這いになった舞子の小ぶりな尻たぶを、あやみの美しい手指が割り開く。

（すごい……やっぱり毛がない。割れ目がぱっくりだ）

さっきは至近距離すぎてよく見えなかった秘唇が、今度ははっきりわかる。

無毛のクレヴァスは丹念な愛撫のおかげかわずかにふやけて、処女蜜と唾液の名残《なごり》でぬらりとしていた。

また達郎の股間が疼く。少女の身体に惹かれている。

「舞ちゃん……いいよね。お兄さんに、入れてくださいっておねだりさせて」

舞子はこっくり頷いて、可憐な喉を上下させた。

「お、お兄さん……私のおま×こに、入れたいんだよね。おち×ちん入れさせてください……って……言って」

「う……！」

たどたどしい誘いの言葉は、かえって達郎を興奮させた。この少女がまぎれもない処女なのだと、突きつけられている気分だった。

そんな子に浅ましいことを言わされそうになっているという倒錯感があった。

「言うの……言って、お願い」

もはや脅迫など関係なく、達郎は少女たちに逆らえない。

「い……入れさせてください」

「なにを、どこに？」

あやみの冷たい嗜虐の声が響く。すべての男を従わせる、魔術めいた響きだった。

「チ×ポを、舞子ちゃんのオマ×コに……」

「お……俺のおち×ちんを、舞子ちゃんのオマ×コに入れさせてくださいっ」

「おち×ちんを、おま×こに」

恥ずかしい言い直しをさせられているというのに、ペニスは腹につきそうなくらい勃起していた。

「だって。いい？　舞子ちゃん」

「う、うん……いいよ……あぁっ」

達郎は、夢遊病のようにふらふらと舞子の尻の前にひざまずいた。片手で隆起したペニスを押さえ込んで、濡れそぼつ膣穴に押し当てる。

「いくよ、舞子ちゃん……あぁ！」

「ああっ！　あっ、あくっ、くうぅぅぅぅっ」

そのまま腰を進めると、舞子が苦しそうな声をあげる。逃げそうになる腰を、あやみが達郎といっしょになってぐっと押さえつけていた。

めりめりと、狭い肉壁を剥がしていくような感覚。まぎれもなく舞子は処女だったのだ。

「あぐぅぅぅっ、くぅ、ふぅぅぅっ……」

「舞ちゃん、ゆっくり息を吐いて」

「うっ、ふ……ふぅ、ふぅ……ふあぁ」

あやみの言うとおりに呼吸をし、舞子の薄い身体が大きく上下する。

「うあっ……中が……」

同時に達郎も声をあげてしまう。舞子の肉ひだがすぐに順応を始めた。キュッ、キュッ、と、呼吸に合わせて収縮し、中に突き込まれたペニスの感覚を確かめるかのように蠢いている。

「ふくぅっ……くぅ、奥ぅ……一番奥まで入っちゃえば……痛く、ない、かも……入り口が、ちょっとうずうずしてる」

舞子はふぅふぅと荒い呼吸を続けながらも、ゆっくり二人を振り返った。

その小動物のような瞳は、一人前の女のように濡れていた。

「もう、大丈夫……動いて平気……ああっ、ふ……」

再び前を向き直ってからの舞子の動きに、達郎は驚いた。

まだ処女喪失の痛みがあるはずなのに、舞子のほうから腰を使いだした。腰に添えられた達郎とあやみの手を振りほどくように、ゆっくりと尻を前に逃し、かと思えば突き出してくる。

(動いてる……ついさっきまで処女だったのに)

驚きながらも、狭い肉穴がペニスをぞろぞろと撫でていく快楽には勝てない。達郎は小さく声を漏らしながら、舞子の動きに合わせて自分もゆっくりと下半身を揺らす。

「ああっ……あっ、く、おち×ちん……ずんって入ってくる……はぁ……！」

舞子もそれを嫌がりはしなかった。それどころか肉壁の奥から、ねっとりした愛蜜が溢れてくる感覚がある。少女はすっかり膣快楽をものにしていた。

「舞ちゃん、私の期待どおり」

いつのまにか達郎の背後に移動していたあやみが、そっと囁いた。

「どうしてこの格好になってもらったか、わかる？」

「うあっ……」

獣のようにつがった舞子と達郎の腰を、上からあやみがまとめてそっと抱く。

「このポーズになっちゃうと、男の人は後ろが無防備だからだよ」

「ああっ……！」

あやみの手指が、舞子の膣穴に沈んでいるペニスの根元をなぞった。指はそのまま移動し、快感に引き締まる睾丸をくるくると愛撫する。

「そのまま動くの。舞ちゃんのこと、ちゃんと気持ちよくしてあげて」

「く、くぅっ」

逆らえない達郎は、彼女に言われるままに腰を揺する。その声に合わせて舞子は嬌声をあげ、この処女の順応の早さを伝えてくる。

「私ね、おち×ちんでよくなってる男の人の、お尻の穴がキューッてなるの大好き」

うっとり呟きながら、あやみは再び達郎の肛皺に手をやった。愛おしげな手つきで肉穴のみぞを撫で回し、彼女の言葉どおり快感で収縮する穴の動きを楽しんでいる。

「やめ……そこは、もうさわらないで」

「だーめっ。お兄さんで遊ぶって決めたんだから」

「うぅ……あっ！」

楽しげなあやみの指が、締まる肛門に無理やり入り込んできたので声をあげてしまう。同時に全身がビクリと硬直したのを、舞子も膣穴で感じ取っていた。

「あうぅっ……お、お兄さん……」

「気を散らしちゃダメ。ほら、舞ちゃんのおま×こ、ちゃんと突かなくちゃ。いっち、に、いっち、に」

「あっ、あっ、あっ……！」

声に合わせてあやみの指が出入りする。そのたび逃げようとする達郎の腰は、意図せず舞子の処女膣をリズミカルに突くかたちになった。

「いい子、いい子。舞ちゃんが気持ちよくなれるように、私が指揮してあげる」

「う、うぅ……！」

羞恥と屈辱は、ペニスを包む肉ひだの感触と、肛皺の出入り口を刺激される感覚の前に散っていく。

「ああっ、あふぅ、ふぁっ、あんっ、奥……あぁ、いい……」

やがて舞子の膣内はさらに潤って、腰使いも大胆になっていく。

「舞ちゃん、おま×こ気持ちいいね」

「う……うん、すごくいいっ……おち×ちんって、こんなにいいんだ」

「そう。これからいつでも、好きなときにこれを使えるんだよ」

少女の残酷な言葉が耳朶《じだ》を揺らすが、快楽にとろけきった達郎はまともに反抗などできない。

「あんっ、あぁっ、来るぅ、おま×この奥から、すごいのがくるぅっ……あぁっ、あふ、あっ、あっ……！」

「舞ちゃん、いきそう？」

「うんっ……あぁ、あく、あっ……は、あぁっ、あぁあぁっ」

舞子の興奮が強くなるのと同時に、達郎も射精欲をたぎらせていた。

（このまま……舞子ちゃんといっしょにイケれば）

我知らずのうちにそんなことを考えて律動を激しくしていく。

「あぁ、イク、あっ、あっ、あああぁああっ！」

舞子の中が激しく痙攣した。達郎は歯を食いしばりながら、その狭い膣穴に精を放とうとする。

「はい、おあずけ」

「あっ……！」

そして同時に、睾丸の裏側とペニスの根元をぎゅっと押さえつけられて悶絶した。

尿道がパクパクと空振りし、いつまでもやってこない吐精に達郎自身が驚いていた。

「あふぅっ……あんっ、あやみちゃん、なにしてるの……」

ブルブルと絶頂の余韻に震えながら、舞子があやみを振り返る。

「だって、初めての女の子のおま×こに、いきなり精液出しちゃうなんてマナー違反じゃない。おねだりさせて、ちゃんとしつけないと」

「おねだり……んんっ！」

舞子はまだ、己の中で硬いペニスの感覚に身震いしていた。

「や、やめて……あやみちゃん、手を離して」

「だーめっ。ほら、おま×この中に、精液出させてください～、って言うの」

「うああっ」

あやみの指が、さらにぎりぎりと達郎の会陰と幹に食い込んだ。もはや深く物事を考えている余裕などなかった。

「まっ、舞子ちゃんのオマ×コの中に、精液出させてください！」

「もう一回言うの」

「舞子ちゃんの……舞子ちゃんのオマ×コの中にっ、精液、出させてくださいっ」

「オッケー。ほら……」

「ああっ！」

締めつけていた指が外れ、途端に睾丸の中でぎゅるぎゅると煮えていた熱が放出を求めて暴れだす。

「あぁんっ！　あっ、あっ、あぁ、激しいっ……」

最後のひと刺激を求めて、達郎は乱暴に舞子の膣穴を突いた。

「くぅ、あぁ、出します、舞子ちゃんのオマ×コに……！」

もはや命じられてもいないのに繰り返し言って、尿道を駆け上がる快感を解き放った。

「あっ、あぁんっ、出てるっ……中で……あぁ、おち×ちんが暴れてるっ」

初めての膣内射精の感覚に舞子が驚く。同時に再び膣肉が締まり上がり、射精の最中のペニスを食い締めた。

「ああっ……！」

おあずけをされていたぶん、放出の快楽はふだんの比ではなかった。そのうえこの敏感な処女肉は、何度でも震えて快感を与えてくれる。

やがて下腹部に溜まったものをすべて出しきってしまうと、達郎はぐったりと舞子の上に覆い被さった。

「……気持ちよかったでしょ」

そんな彼に、魔性の少女がそっと囁く。

「今までで、一番気持ちいいお射精だったよね？」

「う……」

「言うことを聞いてくれれば、これからもずっとこうしてあげる」

悪魔の言葉だった。

（でも……）

ゆりの姿が脳裏に鮮やかに浮かぶ。

（ゆりちゃん……俺は、君のことが……）

達郎の純情は、嗜虐少女によって打ち砕かれそうになっていた。

第五章　遊戯の果ての純愛

1

達郎の心は暗澹《あんたん》としていた。

（脅迫されて仕方なくとは言っても、ゆりちゃんを裏切った）

あやみと舞子に身体を翻弄された屈辱と、ゆりへの後ろめたさが肉体まで重くしてくる。

　仕事もさっぱり手につかない。

（やっぱり、俺にあんな……純情な子と恋愛する資格なんてないのか）

ゆりを守りたいと思った。助けたいと思った。彼女の前では誠実でありたいと思った……。

だが、そういった気持ちは抱くのはたやすく、貫くのは難しかった。

（あやみちゃんと舞子ちゃんをなんとかしないと……）

どうすればいいのか。あの快楽主義の小さな女王様を、言葉で説得することは難しいだろう。

そしてひとたび顔を合わせれば、達郎はまたあの魔性に溺れきってしまう。

「あっ」

あれこれ悩んでいると、スマートフォンにメッセージの通知があった。

『お兄さん、待ってるからね』

送り主は、当然あやみだった。


「わぁ、これがあやみちゃんの言ってたお兄さんなんだ」

「へぇー……もっとオジサンかと思ってたぁ」

あやみに従っていつもの廃ビルの一室へ向かった達郎は、困惑していた。

（どうしてこんなに女の子が……！）

待ち構えていたのは、あやみと舞子だけではなかった。初めて顔を見る、あやみたちと同年代の女の子が他に四人ほど集まっていた。

「あやみちゃん、どういうことなんだ」

「お兄さんは私のものだから」

緊迫した表情の達郎に睨みつけられても、あやみは涼しい顔だ。

「私のものは、女の子のもの。みんなでシェアしないと」

「く……！」

この底の知れない少女の嗜虐性への恐怖と、己《おのれ》がモノ扱いされていることへの屈辱で震えた。

「ほらほらみんな、お兄さんを捕まえちゃって」

あやみが命じると、少女たちは次々と達郎の身体に組みついた。

たかが女子中学生とはいえ、四、五人に囲まれれば多勢に無勢だった。あっという間に追いつめられ、いつものソファに座らされてしまう。

「待ってくれ、こういうのはよくない！」

「よくない、だってぇ」

集まった名前も知らない少女たちが忍び笑いをする。

「あやみちゃんや舞子ちゃんにされるのはよくっても、私たちはダメなの？」

「お兄さん、真面目なんだね」

「あっ、もしかして。あやみちゃん以外とするのを、浮気とか思ってたりして」

（く、くそ……）

残酷な乙女たちに笑われ、達郎の胸がかっと熱くなった。

しかし、彼女たちの手が彼の服を剝ぎ取るために身体を這い出すと、怒りは霧散してしまう。

「あぁ……」

やがて衣服をすべて脱がされると、半端に勃起したペニスが少女たちの前にあらわになってしまう。

「ふふっ、お兄さんって本当に口だけだね」

「う……く」

「おち×ちんは、女の子に遊ばれるの期待して大きくなってるのに」

「くぅっ……」

あやみはどこまでも巧みだった。達郎に言葉で恥辱を与えながら、これから少女たちに快楽まみれにされるという現実を突きつけて興奮させていく。

「わあっ、あやみちゃんの声だけでおち×ちんが大きくなる」

「すごーい、すごい！　魔法みたい」

あやみたちを含めると六人の少女の視線が、達郎に向けられていた。

みんなが彼の節操なしのペニスを眺めて、好奇心や軽い軽蔑の感情を浴びせてくる。

（くそ、こんなことで……）

そう思えば思うほど、達郎の股間は隆起してしまう。

もう完全に、少女に触れる、触れられるということに興奮する身体にされてしまっていた。

「はぁい、それじゃあ最初にお兄さんのおち×ちんさわりたい人」

あやみが少女たちを見渡しながら言うと、すぐに数人の女の子の手が挙がった。

「ふふ、じゃあ、佳奈《かな》ちゃんからね」

「う、うん」

佳奈と呼ばれた少女は、好奇心は旺盛だが男に触れるのは初めてのようだった。おずおずと手を伸ばし、最初の頃のゆりや舞子を思わせる手つきで、すでに硬く勃起した肉茎に触れた。

「あぁっ……」

達郎が声をあげると手が一瞬離れるが、またすぐに握り直してくる。

「お兄さん、今日はすごく興奮してるからすぐ出ちゃうかもね……佳奈ちゃん、上下に十回しこしこしたら、次の子に譲ってあげて」

「じゅ、十回……ね」

「ま、待ってくれ……」

制止の声など聞かず、佳奈の手愛撫が始まる。キュッと狭くした指のリングを、ペニスの先端から根元まで移動させていく。

「わぁ、わぁ……おち×ぽって、こんなに熱いんだぁ……いち、に、さん、し……」

「うく、くぅ」

たどたどしい手つきとカウントに、達郎は身悶えする。

（まずい……あやみちゃんの言うとおり、本当にすぐ出ちゃいそうだ）

腰がもぞもぞするのを必死で抑えようとするが、少女の愛撫に容赦はない。

「なな、はち、きゅう、じゅうっ……ふぅっ」

しかし射精欲に疼いた達郎など知らないというふうに、佳奈はあやみの言いつけを守った。十回しごいたところで手をぱっと離してしまう。

（ああっ、やめないでくれ……）

「よしよし、初めてなのに上出来。次は誰にする？」

「あたし、あたしやりたい！」

真冬だというのに日焼けした、活発そうな少女が名乗り出た。

「優子《ゆうこ》ちゃんね。佳奈ちゃんと同じ、十回しごいたら交替……あと一分くらい待ってからね。いーち、にーい……」

（くそ……焦らされてるぞ）

あやみは完全に達郎の性的興奮の度合いを見抜いていた。一分も待てば狂おしい放液の欲が引くことを見透かされている。

「ん、オーケー！　握って」

「うんっ」

あやみがゆったりと一分——体感的には、十分にも二十分にも感じられた——数え終わると、優子という少女の健康的な色の手指が、達郎をぎゅうと握りしめた。

「くああっ……」

待ち構えていた刺激に身体を揺らすが、優子はすぐに上下にしごくことをしなかった。

「十回コいたら終わりになっちゃうんだよねぇ？」

「うん。それ以上やったら途中で出しちゃうよ、お兄さん」

「ふぅーん……じゃ、ゆっくりしよっかな」

（や、やめろ……これ以上焦らさないでくれ）

そんなことを口にできるわけもなく、優子のじっとりとした手愛撫が始まった。

「いーちぃ……」

先走り汁で滑る肉竿の表面を、スローモーションのようにゆっくりと上下する。

そして一往復終えると、そこでぱっと手を開いてしまう。

「お兄さん、もっと握ってほしい？　速くしてほしい？」

「く……くぅ、それは」

「男の人って、ヌルヌルした手で早くしごかれると感じるんでしょ」

どこで得た知識なのか、優子は誇らしげに言って達郎を挑発する。

「せっかくの、初めての生おち×ぽだもん。長い間握ってたいなぁ」

「う……！」

「にーぃ……あははっ。ねぇ、みんな見て、お兄さんすごい顔してる」

ようやく二度目の往復を終えたかと思うと、優子は屈託のない笑顔で仲間たちを振り返る。

「ほんと、ほんと。必死になっちゃって」

「あやみちゃんが言ってたの、本当なんだね。男の人って面白くて可愛い」

少女たちは、成人男性のあられもない姿で未成熟な嗜虐心を疼かせていた。

「さぁーん……しぃー……」

「くうう。やめてくれ」

焦らす手つきにたまらず達郎が言うと、優子は意地悪な顔をした。

「やめちゃっていいの？」

達郎の喉がぐうっと音を立てた。そのとおりだ。本当ならやめさせるべきだ。あやみがそれを許すなら、今すぐこんなことはやめてゆりの元へ駆けつけたい。

「やめてほしくないんじゃん」

面白がる口調で言いながら、優子の緩慢な手の動きが再開される。カウパーでねっとり湿った指で、ペニスをしごいていく。

快感ともどかしさに、達郎は悶えるしかなかった。

「きゅーう、じゅうっ」

永遠に続くかと思われた焦らし責めがようやく終わった。優子はさんざん達郎の反応やペニスの疼きを楽しんだ末に、ぱっと手を離した。

「優子ちゃん、ナイス」

「えっへへ」

あやみに褒められ、優子は誇らしげだった。

こういう行為が、男を手玉に取ったという実感が、少女を立派な女王様にしていくのだろう。あやみは今まで、いったいどれほどこのようなことを繰り返してきたのか。

「ねぇ、あやみちゃん。次は私でいい？」

「舞ちゃん。いいよ」

達郎の様子などいっさいかまわず、あやみが許可を出す。次に名乗り出たのは舞子だった。

もうすっかり慣れた様子で、ソファに座り込む達郎の横から、まるで膝枕で甘えるようにすり寄ってくる。

「お兄さん、優子ちゃんに焦らされすぎて震えてる……」

図星を突かれて恥ずかしいが、言い返すのはもっと恥ずかしい。達郎は沈黙する。

「かわいそう。ふぅーっ……」

「ああっ」

しかし至近距離からペニスに息を吹きかけられて、悩ましい声が漏れてしまう。

「おち×ちん、息でも感じちゃうくらい……敏感になってる。早くさわってほしい？」

最初の頃はうぶだった舞子も、今ではすっかり手慣れた様子だった。

「でも、あやみちゃんの言うとおりにしないとね」

「く……！」

舞子はしばらく、肉茎に息をかけることを繰り返した。そのたびに充血しきった敏感なペニスは、ピクッ、ピクッと震え上がり、少女たちのくすくす笑いを呼び起こした。

「そろそろさわってあげるね。えいっ」

「ああ……！」

待ち焦がれた刺激に、鈴口から先走り汁が勢いよく迸《ほとばし》った。舞子に亀頭を握られた拍子に、虚空に向かってぴゅっ、と噴きこぼれる。

「すごい、すごい。お兄さん……」

舞子がその汁を手に塗りつけて、指と手のひらを動かしだす。

「十回、だよね」

「うあっ……も、もう、十回なんて言わずに」

「だーめ、お兄さん、我慢だからね」

情けなく舞子におねだりしそうになったところで、あやみが鋭く割り込んできた。

「うん、十回だね。いち、にっ……」

舞子はあやみの言いつけをしっかり守り、きちんと十回ペニスをしごき上げた。

(ああ……どうして)

他の少女たちに比べて慣れているのもあるし、なによりもう何度も肌を重ねた顔見知りだという安心感のようなものが、達郎の興奮を加速させる。

(あと少し……少しだけ擦られれば出せそうなのに)

腰の奥からこみ上げた熱が、行き場をなくしてさまよっていた。

「じゃあ、次は……」

あやみの指示に従い、次の少女が達郎のペニスに触れた。

彼女もきっちりと十往復してしまうと手を離し、次の少女へとバトンタッチする。

あと少し、あとひと擦りされれば射精ができそうなのに、何度も執拗に焦らされる。

もはや達郎は、しっかりとした思考もできなくなっていた。

「なんかお兄さん、さっきからすごい顔してるね」

名も知らぬ少女が半分ほど肉棒を擦ったところで、達郎の顔を覗き込んだ舞子が言う。

「いつもより興奮してる。うーうーうなってるし、動物みたい」

「こんなにハァハァしてても、私たちに乱暴なことしないんだね」

「うん。そこはあやみちゃんがしつけてるから」

舞子が佳奈に誇らしげに答える。その言葉はたまらない屈辱だったが、どんなものでも強い感情は、今では達郎を興奮させてしまう。

「じゅう、わっと……終わったぁ」

「うん、これでみんな一周したね」

最後の少女がペニスをしごき終えて手を離したとき、達郎の中には焦りが生まれていた。射精できないまま少女たちを一巡してしまった。残るはあやみだけだ。

(簡単に出させてもらえるわけがない……)

その予想は当たった。あやみはソファの隅に立てかけていた鞄から、なにやらピンク色のものをふたつ取り出した。

「え……あやみちゃん、それは」

達郎は声をあげてしまう。見間違いでなければ、それは大人の玩具だった。

ひとつはオナホールと呼ばれる男の性感を刺激するもので、もうひとつは電池で振動するピンクローターだ。

「お兄さんのために用意してあげたんだから」

そう言ってあやみはさらに、透明な液体で満ちた小さなボトルを取り出した。オナホール用の、粘度の高いローションが入っている。

「舞ちゃん、手伝って。お兄さんの先っぽにこれを当ててあげて」

「や……やめろっ」

短く叫んだが、あやみたちが容赦するわけもない。

舞子はピンクローターを受け取ると、興味津々な顔でダイヤルを回した。

「あっ、ぶるぶるしてる……これをお兄さんのおち×ちんに当てるの」

「うん、先っぽのほうに当てたままにして」

少女たちは、その様子を目を輝かせながら見ていた。

「やめ……本当に、くあぁっ」

抵抗できない達郎の亀頭に、舞子の手でローターがあてがわれた。少女の手とはまったく違った機械的な振動が襲いかかり、思わず上半身を激しくよじって悶絶した。

「きゃあ、押さえなきゃ」

「そっちの腕、持って！」

少女たちがそんな達郎を左右から押さえ込む。男をもてあそぶことに対して、彼女たちは見事な連携を見せている。

「いいよ、舞ちゃん。そのまま、そのまま」

「な、なにを……やめてくれ」

「もう、お兄さん。お射精で気持ちよくなりたいんでしょ？」

「うあぁっ……！」

達郎の股間を、ねっとりしたきつい感触が包み込んだ。

穴の中にローションをたっぷり垂らしたオナホールが、振動するローターごと達郎のペニスを呑み込んでしまった。

「ひっ、あっ、ひっ……！」

「ひっ、だってぇ。すごいね、これ」

「あやみちゃん、よくそんなこと思いつくなぁ」

ホールの中の緻密なひだが、敏感になっていたペニスを刺激するのは最高だった。

玩具とはいえ女性器を模したものの感触は、今の達郎にとってはご褒美だ。

「うふふ、ローター気持ちいい？」

しかし、快感を妨害するのがいっしょに与えられたローターだった。強すぎる機械振動に肉茎が悲鳴をあげている。

しかもあやみは達郎の悶える姿をじっくり楽しむように、ホールをかぶせたまま動かさない。

与えられるのは、きつい締めつけと先端を痺れさせるローターの存在感だけだ。これだけでは射精には至れない。

「うっ……く、くっ……」

こんなことは情けなさすぎる……そう思うが、もう達郎は自分を止められなかった。己を押さえつける少女たちの身体をはねのけるようにして、ホールを握って動かないあやみの手めがけて腰を突き出した。

「自分から動いちゃうんだ」

冷笑の響きのあるあやみの声も、達郎を止めることはできなかった。

「くぅ、はぁ、はぁ……!」

情けない、みっともない、恥ずかしい——それらの感情は、何度も焦らされてお預けを食らった男性器よりも軽いものだった。

あやみはそんな達郎を笑ってはいるが、手はしっかりと固定して動かさなかった。シリコンで作られたツブ立ちや筋が、ローションの粘つきと共にペニスを刺激してくる。

(ああ、やっと出せる……やっと射精ができる)

「すごい、動物園で見たお猿さんみたい」

少女たちのあざけりも耳に入るようで入らない。

「お兄さん、頑張って。いっちに、いっちに。お腰をへこへこしましょうね」

「く……」

あやみの挑発にも頷いた。

もう達郎を動かすのは快感と、解放されたいという本能だ。

「ああ、出る……出る、出しますっ」

「いいよ、女の子たちに見られながら、おもちゃの中にぴゅっぴゅってして」

「ああ……！」

やがてねっとりとした粘汁が、一気に尿道を突き抜けた。

「あはは っ！ 出てる、出てるよ。みんな……今、お兄さん、射精してる」

「わあっ……ぶるぶる〜って！」

「こんなに全身がぴーんってなるんだ」

少女たちが口々に感想を言い合う。ようやく欲望を解放できた達郎は、その好奇心旺盛な声を、ぼんやりと聞くことしかできなかった。

2

「それじゃあ、今日のメインイベント。処女卒業したい子は、お兄さんを使っちゃおうね」

（――えっ！）

あやみの言葉を聞いて、ぐったりしていた達郎の身体に一気に力が入った。

「ま……待ってくれ、それは」

「この間、舞ちゃんで同じことしたでしょ。そんなに驚かないで」

「いや……いや、ダメだ」

名前も知らない少女たちの、処女卒業の道具として扱われる。己が背負う罪の重さを意識して、達郎はブルリと震えた。

「お兄さん、もう、いい人ぶるのはやめよう？」

そんな達郎に、あやみは栗色の美しい髪の毛をかき上げながら近づいた。

漂う花の香気が男を狂わせる。この少女はいったい、こんな魔性をどこで身につけたというのか。

「お兄さんは私たちのおもちゃ。お兄さんもそれを望んでるんだよ。だからさっき、自分から腰を振って気持ちよくぴゅっぴゅしちゃったの」

「う……う、それは──」

「もうお兄さんは、女の子にいじめられなきゃ満足できない身体になってるんだよ。嘘だと思うなら、私たち以外の……お兄さんが普通だと思ってる女の人を捕まえて、エッチなことしてみたらいいよ。わかるから」

「そんな……！」

その言葉は奇妙な説得力を持っていた。

（本当に、そんなことになっていたら）

──そんなのは嘘だ、とはねのけられない。

達郎はゆりと出会うことで欲望の対象が下に拡がり、少女に興奮できるようになってしまった。

加えてひっきりになしに行われるあやみや舞子の責めで、普通のセックスでは得られない恥辱混じりの興奮を得ているのは確かだ。

その刺激がなければ満足できない身体にされたというのは……本当のことではないか。自分で自分のことが信じられなかった。

「お……俺は」

「ふふん。まあいいや、お兄さんはいつも口だけだから」

男の屈辱を煽ることを言って、あやみは周囲を見渡した。

「あたし……卒業したいかも」

さっき達郎のペニスを握った活発な少女がぼそりと言った。それを聞いてあやみはうんうん頷き、一歩前に出る佳奈を受け入れようとして……。

「誰!?」

そのとき、いきなり大きな足音が響いた。この廃屋の喫茶店まで近づいてくる音を耳にしてあやみは鋭い顔で振り返った。

廃ビルの廊下を駆け抜ける音。ばたばたとせわしなく、大急ぎで走ってくる。

「お兄さんっ！」

その場の全員が視線を向けていた出入り口のドアが勢いよく開かれた。

「……ゆりちゃん！」

姿を現したのは、制服姿のゆりだった。息を切らせながら、悲痛な顔で室内——少女たちに囲まれる達郎を見つめていた。

「なぁんだ、ゆりちゃん」

達郎が立ち上がろうとするより先に、あやみがすっとゆりに近づいた。

そして今にでもなにかを叫びそうになっている彼女の身体を、力強く抱きしめた。

抱擁というよりも、拘束という気配だった。

「は、離して。お兄さんも！」

「だぁめ、お兄さんは私たちのおもちゃなの」

「いやっ……いやっ」

あやみは妖しくゆりの身体をまさぐった。同時に巧みに追い込み、ゆりの背をぴったりと薄汚れた壁につけてしまう。

「ゆりちゃんは間違ってるんだよ？」

細身のゆりに覆いかぶさり、頬をゆっくりと撫で上げる。

（く……くそ）

それはただの甘美な言い聞かせではなかった。

達郎の目には、ゆりを人質にとっているかのように見える。

「お兄さんと約束したの、もうあやみちゃんのところには行かないって。私たち、恋人同士なんだからっ」

「もう……ゆりちゃんって、本当に可愛いね」

「あっ、あう……やめて」

けなげなことを言うゆりをの身体を、あやみが撫でつけていく。黒いセーラー服の裾から手を入れて、膨らみかけのバストをやわやわとまさぐっている。

「ほら、見てて……」

あやみがちらりと振り返ると、達郎の傍に陣取っていた舞子がコクンと頷いた。

「お兄さん、ごめんね？」

そう言って、すぐにショーツをずらすと、ソファに座り込んだまま動けない達郎の膝に乗り上げてくる。

「や……やめ」

「あやみちゃんに教えてもらったから……んっ、ロリおま×こでおち×ちんくちゅくちゅしちゃう」

「うぁ、ほ、本当に……やめて……」

舞子がすべすべのクレヴァスに、半勃ち状態のペニスを押しつけた。

そのまま手で幹を支え、亀頭を割れ目に沿って上下させる。

（く……まずい、勃《た》つ……）

こんな状況だというのに、毛の生えてない少女の秘唇の感触は甘美なものだった。

ペニスはあっと言う間に硬くなり、女性器への挿入が果たせるほどの角度になってしまった。

「だめっ、お兄さん！」

ゆりの悲痛な声が響くなか、舞子がゆっくりと腰を落として、達郎の肉茎を胎《はら》の中に受け入れてしまう。

「あぁん……入るぅ、おっきい……」

「くぅ……」

その様子を、周りの少女たちは息を呑みながら見守っている。

あやみはくすりと笑うと、ゆりに向き直った。

「ゆりちゃんが悪いんだよ。あんな弱いお兄さんを好きになっちゃうから」

「お兄さんは、弱くなんか……」

「身体も、心もすごく弱いよ。ゆりちゃんを守るためって思ってるかもしれないけど……身体は、どんどん私たちのものになってっちゃう」

「私を、守るため……？」

「そうだよ。ほら」

あやみはスカートのポケットから、スマートフォンを取り出した。

画面を見たゆりが硬直するのを見て、達郎はなにが映されているのかを理解する。

(あの写真が……くそっ)

「こんなのがバラ撒かれちゃったら、お兄さんもゆりちゃんもおしまいだもん」

「う……そんな、ずるいよ!」

「ずるくなんてないよ? ゆりちゃんも楽しめばいいの」

ゆりはあやみを振りほどこうと狂ったようにもがいた。しかしあやみは案外力が強いのか、精神的な優位からか、それをものともしない。

「見てて、弱いお兄さんが舞ちゃんに犯されちゃうところ」

「やだぁ……見たくないの」

しかし達郎は、ゆりの視線が自分に集中するのを感じた。

幼膣にペニスが食い締められるだけでもたまらないのに、上に乗った舞子がつたないながらも腰を振りはじめる。

「あっ、あっ、あっ……」

しかも身体を弾ませながら、あどけない喘ぎ声をあげてみせるのだ。達郎はたちまち興奮し、いけないと思いながらもペニスがさらに熱くなるのを止められなかった。

「あふん……おま×こ、どんどん感じやすくなるぅ」

言葉どおり、未熟な腰振りを続けるうちに舞子の膣穴からは蜜液が溢れ出していた。

こんなに幼いのに、身体はどんどん男に慣れてゆく。

それは男にとっても都合がいい。少女のあどけなさを残しながらもペニスを受け入れて、ぬぢぬぢと締めつける最高の肉穴が形作られていく。

「ほら、お兄さんも舞ちゃんもお楽しみ」

「うそ……嘘だもん！」

ゆりはかたくなだった。しかしそれを楽しげに押さえ込むあやみも動じない。

「ゆりちゃんも、お兄さんと遊んで楽しもう？　もともと大人と中学生なんて、お付き合いはできないよ。でも……」

ゆりの喉をくりくりと指で撫でながら、妖しく誘いをかける。

「でも、おもちゃにならできるよ。遊ぶだけ。本気じゃないから、デートができなくて悲しいとか、他の女の子で感じて許せないとか思わなくて、すごく楽だよ」

「う……ぅ」

「男の人なんて、みんな女の子のためのおもちゃなんだよ」

あやみがいったいどんな経験をして、そこまで割りきった思考を持つようになったかは誰にもわからない。生まれついての女王様気質で、自分でもそれを理解していただけかもしれない。

「ゆ、ゆりちゃん……ううっ」

ゆりに語りかけようとした達郎は、結局声を続けられなかった。

ペニスを擦り立てる舞子の膣穴に加えて、ただ見ているだけだった少女たちが身体に手を触れだしていた。

「お兄さん、乳首が弱いって舞ちゃんが言ってた」

「あたし、お尻の穴もさわってみたいなあ」

そんなことを好き勝手に言いながら、細い指たちが達郎の汗ばんだ素肌をまさぐっていく。

一つは乳首を優しくかき、もう一つは舞子との結合部に興味深く触れ……少女たちによる歪んだハーレムで、達郎の頭はぐちゃぐちゃにされてしまう。

「あんっ、あぁ、お兄さん……私、イキそう……」

断続的に動いていた舞子がついにそう言い、膣穴の締まりがさらに強くなる。

(く……俺も出そうだ……このまま舞子ちゃんの中に)

「やめてっ！」

達郎の意志が本当に折れてしまいそうになったときだった。

「お兄さんっ」

窮鼠猫《きゅうそ》を噛むとでも言うように、ゆりがあやみを地面に押し倒した。驚いて一瞬動けなくなる彼女から、問題の写真が入ったスマートフォンを取り上げる。

「やめて！」

達郎は初めて、あやみという完璧な天使の顔にヒビが入ったのを見たような気分だった。あれだけ余裕綽々《しゃくしゃく》だった彼女が、ゆりの決死の行動にムキになった顔をする。

「だめっ、返して！」

慌ててスマートフォンを奪い返そうとするが、ゆりはそれをひらりとかわす。

そして少女たちや達郎まで素通りして、廃ビルの外に面した窓めがけて思いきりスマホを叩きつけた。

「ああっ……」

どれほどの勢いだったのか、窓ガラスが音を立てて割れた。達郎とゆりの証拠写真が入った端末は、その亀裂から数階下の地面へとまっさかさまだ。おそらく無残なことになっているだろう。

「こんなことしてっ……」

あやみが悔しそうな声をあげるが、ゆりはそれにも頓着しなかった。

窓から振り返って舞子と達郎に詰め寄り、その剣幕に気圧《けお》されて集まった少女たちは散っていく。

「お兄さんっ」

「きゃあっ、やめて」

そして達郎の上に乗ったままの舞子を押しのけると、彼女に替わって達郎を抱きしめた。

「お兄さんとだったらどうなってもいいっ。学校にばれてもいい。本当にお兄さんのこと好きだから、どんなことだって耐えられるよ」

「ゆ、ゆりちゃん」

「今までいろんなこと我慢してきた。お母さんが私のこと好きじゃないのも、お父さんがいないのも、家がどんどん寂しくなるのも……どうにでもなれって、身体まで売ろうとして……」

達郎は、あの日緊張した顔で自分を呼び止めたゆりのことを思い出していた。

「でも、お兄さんは私を助けてくれた。お兄さんのことを考えると毎日が楽しくて、お兄さんをなくすのだけは絶対いやだって思ったたっ」

「ああっ、ゆりちゃん！」

ゆりは情熱的に叫びながら、もどかしげに下着を脱ぎ去った。そして達郎の上に跨がり直すと、その半端に熱を持ったままだったペニスを女の芯で受け入れていく。

「あくぅっ……あぁはぁ……入るぅっ」

「く……ゆりちゃん、ゆりちゃん」

達郎はそれを拒めなかった。ゆりの決死の――自分が思っているよりずっと純粋で大きな想いを、否定することなどできない。

「お兄さんといっしょにいる、いっしょになる、あぁ、絶対誰にも渡さない！」

「ゆりちゃん……そんなに、お兄さんのことが」

振りほどかれてしりもちをついていた舞子が、ぼそりと言う。

あやみと集められた少女たちは沈黙したままだが、全員が緊迫した様子で達郎とゆりを見つめていた。

「あんっ、あっ、これも……ゆりのものだから。他の女の子に入れるなんて、もう絶対だめだから！」

「うぅっ、ゆりちゃん……」

「言ってぇ！　お兄さん、自分はゆりのものですって言って、お願い！」

「あ……ああっ、俺は……達郎はゆりちゃんのものだ！」

もう二人は、熱狂の中にいた。

少女たちに見られていることも、自分たちが禁断の仲であることも忘れて、ただふたりの男女として交わって、思いの丈をぶつけ合っていた。

「ゆりのおま×こ以外に、おち×ちん入れないねっ。ゆりとしかエッチしない、ゆりとしか気持ちよくならない、ゆりでしか精液出さないね！」

「入れない、絶対ゆりちゃんにしか入れない。ゆりちゃんのオマ×コでしか射精しない！」

「あぁんっ……お兄さん、お兄さんっ……んんぅ、奥ぅ」

大人の亀頭と、まだ未成熟な子宮口がぴったりと密着する。くちゅくちゅと音を立てながら、ゆりがポルチオ快楽を増幅させるように小刻みに動く。達郎もそれに合わせて下半身を揺らした。

「あふっ、あぁっ、イク、あぁっ、あぁっ」

二人の動きも感じ方も、ぴったりと息が合っていた。ゆりが絶頂を訴えると、達郎の腰の奥からも熱い塊《かたまり》がこみ上げてくる。

「俺も出すよ、ゆりちゃん……ゆりちゃんの中にっ」

「うんっ……イク、大きいのがくるぅ、あっ、あっ、あああぁあっ！」

ゆりがひときわ大きく叫んだ瞬間腰がわななき、膣肉の締めつけが驚くほど増した。

それがとどめとなって達郎も精を放ち、音がしそうなほど激しい射精を少女の子宮口にぶち当てていく。

「あぁっ……出てる、出てるぅっ……お兄さんの精子……もう、あやみちゃんにも、舞子ちゃんにも、あげないいんだからぁ……」

「くぅ……う、ゆりちゃん……」

どくん、どくんと、ペニスはずいぶん長く収縮を続けた。一滴残らずゆりの肉穴に注ごうとするように、肉竿の中の管が蠢きつづけている。

「あやみちゃん……」

舞子がぽそりと呟いた。あやみはようやく石のようになっていた身体を動かして、制服の胸のあたりをぎゅっと摑んだ。

「……こんな悔しいの、初めてなんだから」

生まれて初めて、思いどおりにならないものに遭遇したような顔をする。

「ふぁ、はぁ……はぁぁ……」

絶頂の波が去っても、ゆりと達郎は離れなかった。なに者にも邪魔をさせないという気持ちでぎゅっと抱き合っている。

あやみの美しい顔に、少しずつ悲しみが差し込まれていく。

「二人とも、私が持てないものを……簡単に手に入れちゃうんだ」

達郎はその呟きをぼんやりと聞きながら、ただゆりの体温を感じていた。

3

「ん……」

相変わらずごみごみしたアパートの一室、万年床の上で達郎は寝返りを打った。

(俺、夢を見てるのか)

不思議な感覚だった。ぼんやりと温かいものが下半身に乗っている。それが生理現象で勃起している股間に、うっとりした気持ちよさを与えてくる。

ずっとその心地よさの中にいたい、まどろんでいたい……そんな思いとは裏腹に、意識はどんどん覚醒していく。

「んんっ！」

「あっ、起きちゃった」

完全な目覚めのきっかけとなったのは、下着越しにペニスをぎゅっと握られる感触だった。

「ゆっ、ゆりちゃん」

思わず達郎は飛び起き、布団の足元でいたずらっぽい笑みを浮かべる少女の顔を確かめる。

「おはよう、お兄さん」

素朴なセーターにスカートを合わせた私服姿のゆりが、悪びれない様子で笑う。

「来るときは連絡してくれって言ったのに」

「したよ。スマホ見てみて」

言われて枕元に置かれたスマートフォンを覗き込むと、確かに一時間前にゆりからメッセージが来ていたが、惰眠をむさぼっていた達郎が読めるわけもなかった。

しかも、今の時刻はすでに昼過ぎだった。

「なんにも用意できてないよ」

「お兄さんはなんにもしなくていいの。ゆりがご飯作ってあげるから」

「いや、そのご飯の材料が……」

言いかけてはっとする。きっとゆりがここへ来るまでの道で買い物をしてきたのだろう。

(また俺のために……この子は本当に、自分のことに無欲なんだから)

——ゆりがあやみのスマホを破壊し、達郎と繋がりながら今後を誓い合ってから数カ月経っていた。

脅迫の材料をなくしたあやみは、ゆりとあやみにしつこくつきまとってくることはなかった。それは諦めではなく、想像以上のことをしでかしたゆりに対する恐れがあったように達郎には見えた。

この子が破れかぶれになれば、これまでのことを世間に暴かれかねない。ゆりは怖いもの知らずに、達郎を自分だけのものにするためなら、どんな手でも使うだろう……。

そう考えて身を引いたように思えてならなかった。

(あんなやり手の女の子でも、まだ中学生なんだよな)

少女が欲望のためにできることなど、限られている。

「ゆりちゃん、小遣いは自分のために使いなよ」

「自分のためだよ。お兄さんにご飯作りたくなったんだもん」

「……まったく」

すっかり恋人同士になった達郎とゆりは、世間の目をはばかりながらも仲睦《むつ》まじい関係となっていた。

放任のシングルマザーという家庭は相変わらずだったが、達郎の手回しもあって福祉の助けを得られるようになったゆりの生活は安定していた。

彼女自身も以前よりずっと明るくなり、雪のように白い頬には、幸福の桃色がさしている。

ときどき達郎はゆりが服でも買えればと小遣いを渡したが、ゆりはそれを達郎と過ごすために使う。主に一人暮らしの達郎に手料理をするための材料を買っていた。

(お金じゃなくって、服とか……直接プレゼントしたほうがいいかな)

そんなことを考える。

達郎の中に、少女と恋愛することへのためらいはまだ存在していた。

(でも俺は、ゆりちゃんを守るって決めたから)

ゆりが達郎を取り返すためにそうしてくれたように、なにがあってもゆりを、ゆりとの関係を死守するつもりでいた。

「ゆりちゃん、今日は……あっ」

今日は一日中暇なの、と言いかけた達郎の股間を、ゆりの手が再び握った。トランクス越しに、硬さを確かめるようににぎにぎと指を動かしている。

「こら、こら」

「……男の人って不思議。どうして寝てる間に大きくなるの」

純粋な顔で訊ねてくる少女に気恥ずかしさを覚えて、達郎は視線を逸らしてしまう。

「お、女の子も、朝は大きくなってるんだよ」

「大きくなるって、どこが？」

「く……クリトリスが」

苦し紛れにそんな雑学まで披露する。

「……」

ゆりは出し抜けに直接的なことを言った達郎をじっと見つめた。達郎はさらに照れてしまって、やっぱり顔を合わせられない。

（うう……）

だが、ゆりに触れられっぱなしのペニスがふいに疼いた。尿意とは別のもので硬くなりだしている。

「お兄さん……する？」

「いや……そう言われると……」

「お兄さんが断りづらいように、ゆりから言ってるのに」

「うくっ」

痛いところを突かれた。

ゆりは聡《さと》い子だ。達郎がゆりに欲望を抱くのに後ろめたさを覚えていることなどわかりきっていて、だから自分から誘惑してくる。

それでも臆するとなれば、腹のうちを明かして逆の方角から絡め取ろうとする。なにも持たずにあなたを誘惑する私を、拒否するのかと。

「したい……です」

「えへへ、よーし」

ゆりは以前よりも伸び、肩下まで垂れるようになった黒い髪の毛を、手首にはめていたヘアゴムできゅっと結った。少女には不釣り合いなほどなまめかしいうなじがあらわになって、達郎はコクリと唾を飲む。

「お兄さん……きて」

ゆりが布団の上に正座をするのが、二人の中で奇妙な合図になりつつあった。

ついさっきまで自分の頭が乗っていた枕を預けると、ゆりはそれを膝の上に乗せる。

達郎はその上に頭を預け、枕を挟んだ膝枕状態になった。

「よいしょ……っと」

ゆりがクリーム色のセーターをたくし上げる。下に着けた純白のブラのホックを自分で外して、控えめな乳房を出せるように緩ませた。

「ほら、お兄さん……ゆりのおっぱい吸っていいよ」

「ん……」

その声に従って、達郎は少女の乳首に吸いついた。

膝と頭の間に枕を挟んだのは、この小ぶりな膨らみに口をつけやすい高さを作るためだ。

(これが癖になってるって……やばいよな)

そう思いながらもやめられない。ゆりに抱かれながら、赤子のように乳房に甘えるのは最高の陶酔感を与えてくれる。

「えへへ、いっぱい吸ってる。ゆりのおっぱいほちいんでちゅかー」

母乳など出ないのに、戯《たわむ》れにそんなことを口にする。ゆりもすっかり乗り気で、達郎を甘やかすことに悦びを見いだしていた。

なので達郎は身も心も預けてしまう。ピンク色の硬くしこった乳首を、上下の唇で挟んで舌でころころと転がした。

「んう……ふぅ、あぅ……」

母親ぶっていたゆりの唇から、官能の吐息がこぼれる。達郎はそれを楽しむように舌を動かしつづけ、未成熟ながらも敏感な突起を愛撫する。

「お兄さん、エッチなんだから」

「おふっ……」

ゆりが腕を伸ばして股間を握ったので、思わず乳房から口を離して声をあげる。下着をずり下ろして露出したペニスを、先端から溢れた粘液を頼りに優しくしごいてくる。

「エッチな赤ちゃん。ゆりのお乳吸うだけで、こんなにしちゃって」

「うく……ゆりちゃんのおっぱいが可愛いから」

そう言うとゆりの手指がキュッと狭くなった。照れているらしい。

「もうお兄さん、可愛いって言えばゆりが喜ぶと思って」

「あぁっ」

幹を甘く締めつけるほどの径にした親指と人差し指が、上に移動してカリ首を握った。吐息をこぼす達郎の頭を撫でながら、カリから鈴口までを白い指がクポクポと往復する。

「先っぽはダメだって……」

「お兄さんのダメは、してほしいってことだから」

にんまり笑いながらそう言って、ゆりは手での愛撫を続ける。

(すっかりエロいことが上手になっちゃったな、ゆりちゃん……)

しかし、そう仕向けたのは自分だ。男の感じるところや喜ぶことを、身体を張って教えてしまった。

(いや、暴かれたっていうほうが正しいかも)

少女の好奇心というのは侮《あなど》れない。

「んん……お兄さん、もう出ちゃいそう？　このまま出す？」

「いや、今日は……中に入れたい」

達郎が照れながらそう言うと、ゆりはゆっくりペニスから手を離した。

「今日もゆりが上でいい？」

二人して名残惜しい気持ちで膝枕をほどくと、ゆりが期待に満ちた瞳で訊《たず》ねてくる。

「ああ、いいよ。ゆりちゃんの好きな格好で」

「うん、なら、またゆりが上」

達郎は頷きながら布団に仰向けになった。

ゆりはその腰の上に跨がると、赤いチェックのスカートをたくし上げ、その下のブラとお揃いのショーツを見せつけた。

「もう……濡れてる」

「うん、パンツの下が透けちゃってるよ」

白い布地の下に透けるピンク色の粘膜を見て、達郎の股間はさらに熱くなった。

「ぜんぶ脱いじゃっていい？」

やんわりと挑発的な口調でゆりが言う。達郎はこくっと固唾を呑んだ。

「スカートは、脱いで……パンツは、片脚にかけておいてくれると」

「お兄さん、細かいところが変態っぽい」

「き、君が言わせたんだろ」

「うん。だって……変態なお兄さんが好きだから」

ゆりの言葉がじんわりと胸に染み渡ってくる。達郎が感じ入るうちにゆりは言われたとおりスカートを脱ぎ、下着を片脚から抜き、もう片脚にかけた状態にした。

「ん……いい？　おち×ちん、入れちゃっても」

「いいよ……お願い、ゆりちゃん」

達郎が頷くと、ゆりも頷き返した。そして隆起したペニスの上にしゃがみ込み、ゆっくりと亀頭を秘唇で捉えた。

濡れた粘膜がくちゃりと先端にまとわりつき、達郎はそれを手伝うように肉茎の根元に手を添えて狙いを定める。

「ああっ……あふ、あぁぅ……！」

ゆりが腰を落としていく。狭いのに柔らかい幼膣が、竿肌をねっとり舐めしゃぶってくる。

何度味わっても、ゆりの膣穴は最高だった。

「ゆりちゃん……オマ×コ、気持ちいいよ」

「あぅんっ」

達郎が感激を口にすると、肉穴がさらにきゅっと締まった。ゆりは心の喜びが、ダイレクトに肉体に表れる。

「んぅぅ……もっと、奥まで……」

ゆりがさらに腰を落とし、ペニスをついに根元まで咥え込む。鈴口が幼い子宮口にこつんと当たるのがわかった。

「お兄さ……あぁんっ、あっ、あっ」

たまらず達郎が腰を揺すると、ゆりの喉から可愛らしい嬌声がこぼれた。

「もうっ、勝手に、動いちゃ……ああっ」

「ごめん、我慢できなくて」

言いながらさらに律動する。ゆりの全身を貫くように、腰を突き上げて奥を揺らす。

ゆりはその衝撃に反応し、背筋をぐっと仰け反らせた。

「ひうぅ、だめ……動かれたら、ゆり、すぐだめになっちゃう」

「でも、動かないと気持ちよくなれないよ」

「気持ち……よすぎるの。ゆりが動くから、お兄さんはそのまま……ねっ」

ゆりがそう言うので、達郎は自分を律して突き上げを止めた。その仕草にふぅ、と息を吐いて、ゆりが達郎の胸板に手をついた。

「いくよ……んっ、んっ……んはぁっ」

「おぉっ……ゆりちゃんっ」

ゆりが腰を使いだす。何度もセックスを繰り返すうちに、しっかりと性感を得られる動きをものにしていた。

達郎の下半身がべったり濡れるほどの淫蜜を垂らしながら、膣肉がペニスをしごいていく。

快感に達郎が身悶えすると、まるでその反応を養分とするかのようにゆりは調子を上げていった。

「お兄さん、もっと感じて……あっ、はぁあぁ」

自分自身も高めながら、どんどん達郎を追いつめていく。

「くぅ……はぁ、ゆりちゃん、ゆりちゃん」

そんなけなげなゆりに、達郎の中で愛しさが膨らんでいく。

「あああぁっ」

そしてついに我慢ができなくなって、達郎も体を揺すりだしてしまう。ゆりが腰を落とすのと同時に達郎が突き上げ、下半身をぶつけ合う。

「あんっ、あんっ……だめぇ、きちゃう」

ゆりの膣穴がきゅんと疼く。喰い締められるペニスも限界だった。こみ上げる熱をすぐに、この狭い蜜穴の中に放ってしまいたい。

「ゆりちゃん、出すよ。イク……イク」

「ゆりも……あぁっ、イク……あぁっ、あああぁあぁっ！」

睾丸がぎゅっと収縮し、粘つく精汁が一気に尿道を駆け上がった。

「あぁっ、熱いぃっ、出てる……お兄さんの、出てるぅっ」

その感触に驚いたようにゆりの身体が跳ね、同時に膣壁も小刻みな収縮を繰り返す。

それに絞られるようにペニスがさらに熱液を吐き、その感触でさらにゆりが絶頂する。

二人で何度も快感を分け合って、ゆりと達郎はようやくひと息つく。

「あぁ……おま×この中、どろどろ……」

うっとりと呟くゆりに、達郎はこれ以上ない満足感を得る。

「う……く、この格好は、けっこう恥ずかしいんだけど」

「だめ、ゆりはこれ好きだもん」

二人で達したあと、ゆりはまた巧みに誘導して達郎を裸で四つん這いにさせた。背後に陣取って、達郎の大事なところが丸見えの状態を楽しんでいる。

「お兄さんのお尻の穴、ひくひくしてて可愛い」

「やめ……」

ゆりの言葉にカアッと顔が熱くなる。あの廃墟に集まっていた少女たちほどではないが、ゆりにも男を責めることが好きな気配があった。羞恥と快楽で、達郎を支配するのを望んでいる。

(でも、嫌じゃないんだよな。ゆりちゃんにこうされるの)

困ったことに……否、いいことに達郎はそれを喜んでいた。少女たちとの行為が、達郎が今まで自覚できていなかった因子を呼び覚ましてしまった。

「おち×ちんも、びくってなった。さっきあんなに出したのに」

「う……言わないでくれ」

「恥ずかしいのが気持ちいいの？」

「あっ！」

ゆりの顔が達郎の尻の谷間に押しつけられた。恥ずかしさで疼く尻の穴に、熱くてぬるりとした感触が襲いかかる。

「だ、ダメだよ。汚いから」

「んふ……でも、おち×ちんは喜んでる」

「ううぅ……」

そう言われてしまっては返す言葉もない。ゆりに肛門を舐め上げられて、達郎のペニスは再び腹につきそうなほど隆起していた。

「ゆり、お兄さんの喜ぶことをしてあげたい」

「ああっ……あぁ」

尖らせた舌が突き入れられ、窄まったアヌスの皺をぐっと拡げていく。

ゆりはそのままぺちぺちと舌を蠢かせ、達郎の性感を開発していく。

「んんっ……ふぅ、んふ……」

なまめかしい吐息が会陰にかかるのもたまらない。達郎は震えながら布団を握り、少女からの愛撫を恥辱と共に心地よく受け入れる。

「ああっ……待って、そこは」

そしてアヌスへの刺激と同時に、ゆりは片手で肉茎を握った。

「もう、こんなに硬くなってる。このままお尻舐めながら、手でしごくのがいい？それとももう一回、ゆりの中に入りたい？」

「うぅ……」

すっかりゆりに手綱を握られてしまった。少女の精神や生活を支えながらも、その実達郎はこの娘に支配されている。

「ゆりちゃんの……中に入りたい」

「ふふっ！　いいよ」

しかし、その支配はどこまでも甘くて心地よかった。すべてを捧げる代わりに、少女も己にすべてを預けてくれる。危うくも満ち足りた関係に、二人はどっぷりと浸っていた。

嫐《なぶ》りごっこ 闇《やみ》のいじめっ娘《こ》クラブ

二〇二一年十月十日 初版発行

著者◉霧野なぐも【きりの・なぐも】

発行◉マドンナ社

発売◉二見書房 東京都千代田区神田三崎町二-一八-一一
電話 〇三-三五一五-二三一一(代表)
郵便振替 〇〇一七〇-四-二六三九

印刷◉株式会社堀内印刷所 製本◉株式会社村上製本所 落丁・乱丁本はお取替えいたします。定価は、カバーに表示してあります。

ISBN978-4-576-21143-5 ◉Printed in Japan ◉©N.kirino 2021